Amoureux d'Elles

Un roman de
Pierre Léoutre

PREMIÈRE PARTIE

Une petite fille en pleurs, et moi qui cours après...
Je ne sais pas si Nougaro était très amoureux lorsqu'il composa cette chanson, mais moi je l'étais ; et Anne partait.
Il était hors de question que je l'aide à porter ses bagages, que même, je la regarde s'éloigner ! Je savais trop ce qui m'attendait : deux mois beaucoup trop longs, au cours desquels il me faudrait faire montre de patience, la perspective lointaine d'un retour où tout serait à recommencer, où notre histoire d'amour débuterait enfin, après un trou noir de neuf semaines pendant lesquelles elle aurait évolué loin de mon regard.
Je lui en voulais de n'avoir pas compris ce qu'elle représentait à mes yeux, je maudissais la sécheresse apparente de son cœur qui lui permettait de me laisser derrière elle sans remords. Bonnes vacances, Anne.
Malgré mes scrupules, je résolus de sortir de chez moi à l'instant précis où je supposais qu'elle faisait de même. J'étais fermement décidé à la laisser partir et toujours déterminé à ne pas assister, pour rien au monde, à notre séparation.
Tant pis pour nous, et pour moi. Je passerais l'été à Toulouse, seul. SEUL, À ATTENDRE LE RETOUR D'ANNE.
Je déboulai rue Saint Rome, rue longiligne aux chalands multiples, cœur profond de Toulouse. De nombreux

badauds déambulaient, à mille lieues d'imaginer que je revivais le souvenir d'une promenade nocturne avec Anne dans cette rue déserte. Je savais pertinemment qu'il serait bientôt trop tard, qu'elle allait quitter Toulouse... C'était *Manhattan*, de Woody Allen, rejoué tristement par Anne et moi ; tristement, car il s'agissait de notre vie et non pas d'un film.

J'étais arrivé devant son immeuble et montai, sans m'en apercevoir, les trois étages. Elle m'ouvrit la porte, l'air très ennuyé :
- C'est toi ?
- Évidemment.

Elle me fit entrer. Sa valise, énorme comme un coup de poing, incongrue comme un orage le soir d'une fête, était posée sur le sol de sa chambre. Je regardai comme pour la dernière fois son appartement d'étudiante, cossu et délicat, rangé en prévision de son départ. J'avais envie de rester parmi les meubles anciens qui décoraient les pièces. J'étais las et lui demandai l'autorisation de m'asseoir.

- Anne... commençai-je.
- Chut ! Tais-toi. Laisse-moi partir.

Je l'aidai à ranger dans ses bagages les dernières babioles qu'elle comptait emporter.
- Tu m'écriras ?
- Oui, oui, oui.

- Tu ne m'oublieras pas ?
- Ce serait difficile ; de toute façon, je ne pars que deux mois.
- C'est long. Tu m'aimes ?
- Oui.

Elle avait pris un taxi dans la rue d'Alsace-Lorraine. La voiture s'était éloignée très vite et Anne avait juste eu le temps de se retourner pour m'envoyer un signe de la main par la lunette arrière. Ce geste tendre me suffisait pour comprendre que mon attente estivale ne serait pas vaine.

Le soir même, afin de chasser mes idées noires, je décidai d'aller marcher dans les rues désertes. Je rencontrai un ami, poète, et m'ouvris à son oreille attentive de mon désarroi amoureux. Il m'entraîna dans son bar favori, un endroit que n'éclairait jamais la lumière du soleil. Nous nous installâmes à une table sale que nous nettoyâmes d'un coup de torchon circulaire, hélâmes le tavernier acariâtre qui dormait derrière son comptoir délabré et commandâmes des boissons saumâtres. Puis mon ami poète prit une feuille blanche qui somnolait au fond de sa poche et rédigea, pratiquement du même geste, le poème de ma déconfiture.

Estomaqué par ce talent impromptu et pourtant si juste, je posai brusquement mon verre sur la table de bistrot et déclarai :
- Ton poème, il est beau !

Nous partîmes ensuite dans les rues vides gueuler notre lassitude de la solitude.

ooo

Toulouse monte, grandit, s'accroît et j'assiste à cette embellie en spectateur attentif et amical ; Toulouse est la jolie femme que j'aime, celle dont la tendresse m'entoure encore quand toutes les autres s'esquivent.

C'était le jour de mon anniversaire. Anne était partie hier pour l'Allemagne sans que je n'aie pu rien faire pour la retenir à Toulouse, et je me levai pour découvrir un matin pluvieux. Joyeux anniversaire !
La radio lança *Suzanne*, de Léonard Cohen.
J'appelai deux amis que j'invitai à déjeuner chez Margot, la brasserie du nouveau centre commercial de Compans-Caffarelli. Ambiance amicale mais poussive : le comble fut atteint quand le serveur, en nœud papillon, entendit que je fêtais mon anniversaire. Il m'apprit que pour l'occasion le restaurant offrait un gâteau. Je soufflai donc trois bougies sous les applaudissements du personnel, dont une blonde aux jambes appétissantes.
Bon... Je faisais preuve de mauvaise grâce. Tout le monde était gentil, souhaitait sincèrement me faire plaisir, et les deux femmes qui déjeunaient à la table voisine étaient ravies de ce divertissement impromptu, de cette ambiance sympathique. Lorsque je vis que j'allais être photographié, par le serveur, en train

d'éteindre les bougies posées sur le gâteau, je pris l'allure cabotine qui convenait, fermai les yeux pour ne pas être ébloui par le flash et pour mieux imaginer le repas d'anniversaire qu'Anne m'aurait préparé.

ooo

Il faut se rendre, le dimanche matin, sur le marché de la place Saint-Sernin, à Toulouse... Depuis plusieurs semaines, c'était là un rendez-vous hebdomadaire que je ne manquais plus. J'apprenais, peu à peu, à en connaître les moindres recoins. Ce n'était pas une mince affaire car il est extrêmement dense et ressemble davantage à un marché à la brocante, parisien, qu'aux foires des bastides du Sud-Ouest : livres, disques, meubles, vêtements, bibelots, etc., mais aussi quelques militants politiques d'organisations extrémistes inconnues du grand public... Le tout constitue une ambiance bruissante et complexe qu'il convient de déguster.
Concrètement, la seule méthode qui valait était de tourner en rond, ce qui correspondait parfaitement à mon état d'esprit ; tourner en rond autour de la place, s'arrêter au hasard d'un regard, d'une silhouette ou d'un objet, éventuellement parler avec le vendeur ou la vendeuse, puis repartir.
J'essayai, ce dimanche-là, de négocier le prix du double album blanc des Beatles, en disque laser, mais le vendeur était trop têtu.

Je flânai ensuite sans but, remarquant simplement une jeune femme délicate, au cou gracile mis en valeur par une queue-de-cheval. Elle contemplait un meuble ancien, absolument indifférente, visiblement, à tout ce qui l'entourait, a fortiori au regard admiratif d'un écrivain qui passait tout près d'elle. Cette frêle jeune femme avait beaucoup de charme et j'espérais vivement la revoir un jour dans Toulouse. Bien évidemment, je ne l'abordai point, poursuivant ce jeu d'équilibriste entre portraitiste et séducteur ; jeu fatigant, à vrai dire. Frustrante, cette errance d'écrivain à la recherche de la muse introuvable. À ce rythme, j'allais épuiser toutes les Toulousaines car aucune, en réalité, ne saurait remplacer Anne.

J'appelai Rachel. Elle me donna rendez-vous pour le lendemain, devant l'entrée de la Mairie, sur la place du Capitole. Rachel était une étudiante en droit, blonde de surcroît, et nous étions amis depuis plusieurs années. Elle convenait parfaitement, même si son rôle se limitait à me faire sortir de ma solitude pendant un court moment, le temps d'une escapade.

ooo

Rachel n'était pas toulousaine mais gersoise, une fille de la Gascogne voisine. De là certainement, venait notre complicité instinctive.

Je la retrouvai, guillerette, à l'heure du rendez-vous, sous le grand porche ouvert de la Mairie. Souriante, elle s'harmonisait parfaitement avec la Toulouse estivale et son soleil encore pâle qui venait de faire sa réapparition après plusieurs journées de pluie battante.

Je lui demandai où elle souhaitait déjeuner, ce qui la fit éclater de rire ; elle me laissait décider. Nous partîmes donc en direction de la place Saint-Georges où se trouvait l'une des meilleures pizzerias de Toulouse, la pizzeria de l'Opéra : catégorie bourgeoise, place ombragée, service décontracté mais distingué, ambiance feutrée quoiqu'un peu bruyante certains soirs.

Un couple qui ressemblait au nôtre s'installa à la table voisine ; la jeune femme avait un air de famille avec Anne.

Rachel était en forme ; célibataire épanouie, elle révisait ses examens, soignait son cheval dans sa propriété du Gers et avait le projet de passer l'été à la Martinique. Je lui demandai de m'écrire des Antilles. Elle l'avait fait l'année précédente et j'avais beaucoup apprécié cette attention : la carte postale, qui représentait une plage et des palmiers, traînait, depuis, dans l'un des trois tiroirs de mon bureau.

Rachel voulut savoir si j'avais l'intention de me rendre en Gascogne. Cela faisait longtemps qu'on ne m'y avait pas vu, me fit-elle remarquer. Je lui répondis par la négative, en lui expliquant que j'avais décidé d'attendre à Toulouse, le retour d'Anne.

- Où est-elle ?

- En Allemagne.
- C'est une plaisanterie ?
- Non, c'est la vérité.

Rachel alluma une cigarette.
- Bon courage. Et tout cela pour un été solitaire à Toulouse ?
- Qui te dit qu'il sera solitaire ? Les jolies touristes sont de plus en plus nombreuses ici, séjours courts mais denses.

Je savais, en disant cela, que je me leurrais ; mais tant pis : rien n'avait plus aucune importance depuis la disparition d'Anne.
Nous nous séparâmes avec Rachel, après avoir échangé quelques dernières banalités sur la vie politique gersoise qui connaissait alors des bouleversements : les agriculteurs de Gascogne refusaient de voir mourir leurs exploitations et le faisaient savoir.
Par amitié pour le grand Mozart, bien sûr, je décidai, ce jour-là, de me restaurer à La Flûte Enchantée ; la carte de visite de ce restaurant traînait dans mon calepin depuis plusieurs semaines. Outre la référence à l'opéra maçonnique de mon compositeur préféré, j'avais été attiré par la petite photographie qui ornait le bout de carton blanc : celle-ci avait été prise à l'intérieur de l'établissement, et la décoration futuriste et harmonieuse semblait suffisamment agréable pour me donner envie de m'y rendre un jour ou l'autre. J'espérais

aussi, un peu naïvement, trouver dans ce restaurant une compagnie gracieuse et cultivée, attirée comme moi par l'enseigne prestigieuse.

Las ! Le repas fut exquis, servi par une femme brune, menue et charmante, mais, déjeunant seul, il me parut long.

Je n'avais rencontré aucune belle femme blonde qui aurait pu partager mes agapes. Alors que j'étais attablé, passa en coup de vent une jeune femme en tailleur, affichant un sourire ironique sur ses lèvres.

Elle marchait très vite, mais j'eus malgré tout le temps d'enregistrer ce qu'elle était : jolie, et garce ; un peu fade, à la longue, certainement... Hum ! Elle n'avait qu'à ne pas me laisser déjeuner seul. Mon imaginaire se lassait de l'abstraction.

Lorsque je sortis du restaurant, je trouvai la grande rue Nazareth accablée par une torride chaleur alors que nous n'étions qu'au début du mois de juillet. Eh oui ! Les grandes vacances étaient à peine commencées que je vivais déjà la quête de l'amour estival. À la manière d'un écrivain.

Je marchai vers la place du Capitole ; les cafés sous les arcades, les tables abritées sous les parasols, hormis quelques-unes... Je décidai de m'installer en plein soleil, au niveau de la station de bus, entre deux autocars de la Semvat. De là, je pouvais apercevoir toute la place au fond de laquelle trônait la Mairie.

Nous étions mercredi, jour de marché.

Une passante surgit à l'angle du bus. Je n'aimais pas la robe indienne qu'elle portait car elle brouillait la plastique de son corps ; pourtant, si je ne goûtais pas cette tenue trop négligée, j'appréciais sa valse-hésitation gracieuse devant les nombreux paniers en osier exposés sur l'un des étaux du marché… Voyeurisme stérile, même pour un écrivain dont l'esprit enregistrait les impressions qui nourriraient son stylo ; j'étais vaguement déçu, alors que la ville était belle sous l'été et que mon regard était libre de se promener où bon lui semblait.
Impasse. Qu'une aussi belle femme pût sortir d'un autobus me choquait. Il ne fallait voir dans cette réflexion aucun snobisme à l'égard des transports en commun ; simplement, usé par la solitude, je pensais que j'aurais pu tout aussi bien la véhiculer et que cette magnifique jeune femme eût été davantage à sa place dans ma voiture plutôt que dans un autocar !
Beauté splendide : veste noire, jupe plissée blanche, sandales aux pieds. Et noyée dans sa blonde chevelure, une paire de lunettes noires ; paradoxalement, en raison du temps superbe de cette journée, elle n'avait pas eu le réflexe de reposer ses lunettes sur son nez en descendant de l'autocar. Je suivis des yeux sa silhouette chaloupée et, toujours admiratif, me trouvai conforté dans mon choix pour la femme blonde : elles étaient vraiment les plus belles.
Elle disparut de ma vue mais les quelques secondes de son apparition suffirent à provoquer ma mémoire en y

laissant une trace inachevée. Mystère des rencontres manquées, grâce éternelle des passantes ; avec ma complicité s'ajoutait, aux traditionnelles couleurs de la rose et de la violette, Toulouse la blonde : couleur au pastel, synonyme d'une douceur qui, parce qu'elle me faisait cruellement défaut, envahissait mon imaginaire sans supporter la moindre concurrence.
De nouveau seul, malgré la foule, je fredonnai dans ma tête une chanson de Cabrel. Cette passivité était lourde à porter, et proche la tentation d'y renoncer pour revêtir l'habit simple de l'homme qui aimait les femmes et cherchait à conquérir le cœur de la plus belle.
Je m'installai à la terrasse d'une brasserie et songeai avec nostalgie au bref passage qui avait éclairé ma journée. En fait, j'étais rongé par le doute : ce don de mon temps, de ma capacité d'aimer, que j'offrais à la femme toulousaine, était-il fondé ? Ce bonheur d'eunuque que supposait une stricte contemplation, ne me rendait pas heureux. Il suffisait de voir dans les miroirs mon visage crispé. Bien sûr, derrière cette construction de papier, j'attendais le retour d'Anne. Mais même si mon amour était suffisamment puissant pour supporter une telle épreuve, si mon désir avait la force de soutenir ce regard d'écrivain, il n'en était pas moins vrai que mon effort de plume me coûtait, psychologiquement et physiquement. Tous les hommes amoureux ont attendu une femme ; et moi, j'en rajoutais en me compliquant la tâche à rédiger une carte - métaphore facile pour une déclaration d'amour.

Une jeune femme brune, au bronzage doré, passa tout près de ma chaise en me présentant ses excuses, et se plaça à la table voisine. Je l'entendis demander du feu au garçon venu prendre sa commande, et je cherchai machinalement mon briquet dans la poche de ma chemisette. En réalité, je me plaignais beaucoup trop des contraintes qu'imposait la rédaction de ce panégyrique de la femme blonde, et j'assumais difficilement la compensation littéraire d'une absence. Après tout, quelle compréhension pouvais-je attendre de Toulouse dans la création de cette fleur aux reflets blonds ? Les chaînes du matérialisme le plus pesant allaient bloquer le processus, et mon projet s'effondrerait comme un château de cartes, s'effacerait comme un château de sable balayé par le vague à l'âme.

Fatigué par l'esquive de la femme toulousaine, et constatant que mon style basculait dans la romance, je décidai de réagir et appelai mon ami Jean-Noël afin de déjeuner avec lui. Grand prêtre du milieu homosexuel toulousain, il m'honorait néanmoins de son amitié ; gay convaincu, et heureux de l'être, il était pourtant intrigué par ma relation forte avec les femmes et suivait avec une attention mi-nostalgique, mi-dégoûtée, mes pérégrinations amoureuses hétérosexuelles.

Il m'apprit qu'il était libre et me donna rendez-vous dans un restaurant tout proche, fort réputé pour ses qualités culinaires mais aussi son décor raffiné.

Pendant le repas, Jean-Noël me parla de ses divers projets, tous liés à son mode de vie. Il en discutait très librement avec moi, me demandait même mon avis car il connaissait mon absolue tolérance pour ses choix sentimentaux.

À mon tour, je lui racontai, sombrement, ma déconvenue avec Anne, dont il comprit la dureté.

Notre discussion s'acheva par le constat d'une évolution négative de la littérature homosexuelle depuis la disparition d'André Gide.

En nous séparant, Jean-Noël me souhaita bonne chance et fit preuve d'un optimisme enjoué quant à la conclusion de mes amours avec la jeune Anne.

Cette discussion amicale avec un observateur désintéressé de mes ambitions sentimentales, m'avait réconforté. Marchant d'un pas allègre, j'arrivai devant l'hôtel de Police de la ville où stationnait un camion du Centre de Transfusion Sanguine. Je sortis de mon portefeuille ma carte de donneur de sang et rejoignis à l'intérieur du véhicule les quelques Gardiens de la Paix qui attendaient leur tour.

Un premier médecin, de sexe féminin, me posa plusieurs questions sur ma vie pharmaceutique et affective. L'époque était précautionneuse, SIDA oblige. Je n'avais rien à signaler. Le futur opéré qui recevrait mes globules ne risquerait pas une infection.

Un second médecin, de sexe féminin également, me fit asseoir sur le fauteuil. Je ne regardai pas l'aiguille s'enfoncer dans ma veine. J'étais douillet et n'aimais pas ce cérémonial. J'ouvrais et fermais le poing au rythme de la transfusion, le regard tourné vers la fenêtre du camion ; je me vidais de quelques gouttes de mon sang, ce qui me fit penser à la rédaction de mon texte estival sur l'absente.

Le premier médecin s'aperçut soudain que j'étais livide ; elle héla sa consœur :

- Anne ! Il n'a pas l'air d'aller très bien ; donnez-lui un cachet. Vite, Anne !

ooo

Il ne faut sans doute jamais revenir trop vite à un même endroit...

Durant les vacances, le week-end, et les jours fériés, Toulouse se vide, mais ce jeudi-là, le temps orageux qui écrasait la ville accentuait l'impression d'absence.

Ne sachant où me rendre pour fuir ce sentiment diffus, je retournai à La Flûte Enchantée. La jeune femme qui servait était aussi agréable que lors de ma première venue. J'aperçus, sortant des cuisines, un homme qui devait être son mari. Dans la salle, déjeunaient un couple de femmes âgées, mais aussi un type solitaire qui me ressemblait désagréablement ; triste, presque amer.

Ce sentiment exacerbé d'une solitude pesante, dans une ville abandonnée par les Toulousaines, était peut-être injuste au regard de la réception que me réserva, une fois encore, la restauratrice. Je m'étais installé à la même table que la fois précédente, ce qui amusa l'hôtesse lorsqu'elle jaillit de l'arrière-salle. Je lui en fis la remarque, pour m'excuser de me comporter déjà

comme un vieil habitué ; elle me répondit d'une voix douce :
- C'est votre place.

Sa réponse était fort aimable, mais était-elle justifiée ? Je commençais à en douter sérieusement, à me demander ce que je faisais là à perdre mon temps, dans cette ville où je n'avais pas su trouver une femme qui m'aimât ; le cœur des Toulousaines semblait enfermé dans le coffre d'un vieux notaire tatillon.
Et Anne ? Où était-elle ? Néant.
La pluie faisait des claquettes sur Toulouse ; il avait plu au printemps, ce qui était normal, mais il pleuvait encore au début de l'été, ce qui rendait la cité bien triste.
Écœuré par je-ne-sais-quoi, je décidai de rentrer chez moi. J'arrivai dans le couloir de mon immeuble ; le mur terne me fit penser à une prison. Seules s'en détachaient les boîtes aux lettres. J'ouvris la mienne et, contrairement à ce que je pensais, découvris une carte postale :
« Bonjour Pierre. Après un voyage qui a failli être compromis par les grèves, me voici enfin en Allemagne ; j'ai beaucoup de chance car il fait très beau, et je peux donc profiter au maximum de mon séjour. Sur ces quelques lignes, je te laisse. Amitiés. Anne. »
La vie a parfois de ces retournements. Ainsi, Anne m'avait écrit...

Le ventilateur du plafond brassait l'air tiède, illusion mécanique d'une fraîcheur dans la torpeur de l'été.
Marianne reposait nue sur le drap.
- Es-tu conscient de l'inutilité de l'écriture ? me demanda-t-elle.
- Pardon ?
- Ce que tu fais ne sert strictement à rien : tout le monde se fout des livres. Un écrivain est, surtout aujourd'hui, un marginal parasite qui manque sa vie, un raté, un inadapté pesant, un voyeur gênant...
- C'est tout ?
- Ce n'est pas mal déjà, non ?

Je compris, au tel langage que me tenait cette jolie petite rousse, qu'il me fallait réagir d'urgence : je me vautrai sur elle.
J'étais, malgré tout, très contrarié lorsque je sortis de chez Marianne. Elle était, certes, l'une des plus belles femmes de Toulouse, d'une immoralité absolue aussi, ce qui devenait bien agréable par les temps qui couraient.
Pourtant, quelque chose me gênait : j'avais trompé Anne, j'avais stupidement réagi à sa carte postale en fonçant me réfugier chez une autre, comme si ce petit bout de carton envoyé d'Allemagne avait été le miroir insupportable de ma solitude toulousaine depuis le début de l'été !
Sans vouloir me culpabiliser outre mesure - car Anne n'était pas un cadeau - je m'en voulais de m'être

épanché dans le giron facile d'une relation balisée. Je décidai de me reprendre énergiquement en main.

Il me restait un peu de temps avant de retrouver un ami des services de renseignements avec lequel je devais dîner. Je traversai la Garonne et me rendis de ce pas chez l'un des principaux libraires toulousains. Bernard-Henri Lévy avait publié deux nouveaux livres consacrés à des peintres qu'il aimait, ce qui m'arrangeait tout à fait car j'œuvrais alors sur un projet de catalogue pour l'un de mes amis, étoile montante de la peinture toulousaine. Je n'avais aucune idée de la manière dont se construisait un ouvrage sur un peintre et j'avais besoin de conseils.

ooo

La croissance de Toulouse dans le domaine de l'industrie de pointe s'était accompagnée de la venue d'une faune peu recommandable, curieuse des secrets scientifiques mis au point par les chercheurs de la ville, et le Policier avait bien du travail. Après cette discussion sur le contre-espionnage, notre conversation s'orienta tout à fait différemment lorsque mon ami me posa cette funeste question :

- Où en sont tes amours ?

- Et les tiennes ? - Très bien. Je pars bientôt, pendant trois semaines, avec une superbe blonde qui vient de passer son permis. Permis B de bateau, bien entendu. Nous ferons le tour de la Corse.

- Félicitations.
- Tu sais bien que je suis très fort en ce domaine. Aussi fort que toi quand tu n'es pas amoureux.
- Là, tu vois, je sors d'un truc...
- Je suis au courant.
- Le contraire m'eût étonné.
- Allons, ne sois pas amer, je suis là pour t'aider.
- À charge de revanche.
- Je n'en doute pas. Mais tu sais, moi, je ne tombe jamais amoureux. C'est plus simple. Je n'aime pas, donc je ne risque rien.
- J'en suis incapable.
- C'est bien là ta faiblesse.

Il ouvrit son portefeuille et en tira un carton blanc.
- J'ai vu notre ami Habib, hier. Il m'a demandé de te remettre cette invitation... Il organise un concert de musique iranienne et serait très honoré de ta présence.
- Quand est-ce ?
- Demain soir ; surtout ne manque pas ce rendez-vous ! Bon, je te laisse, j'ai du boulot. Au revoir.
- Salut.

Je regardai l'invitation : chapelle Sainte-Anne, vingt et une heures. Je n'avais jamais écouté de musique iranienne.

ooo

Je fus chaleureusement accueilli à l'entrée de l'église, par Habib en personne, visiblement très heureux de ma venue. Habib, brillant universitaire marocain, était très actif dans la promotion de la culture arabe et persane, que le public ne connaissait guère, et il appréciait d'autant plus les gens venus écouter cette musique. Ce fut ainsi en tout cas que j'interprétai sa volonté de me placer au premier rang, à une "place d'honneur". J'en eus confirmation lorsqu'il vint s'asseoir à côté de moi.

Je feuilletai le livret qui m'avait été remis et qui présentait les deux instruments utilisés par le musicien : le santour (instrument à cordes frappées) et le tombac (percussions).

Le concert de l'artiste iranien dura plusieurs heures. Il jouait une mélodie étrange dont les notes envahirent le temple catholique désaffecté et auxquelles il était difficile de résister. Je me laissai entraîner par le rythme obsédant du musicien persan.

Sur le côté droit de la salle, près d'une colonne, s'installa une jeune femme blonde qui, une fois encore, me fit penser à Anne ; obsession amoureuse ou banalité de la femme de mes pensées, quoi qu'il en soit cette présence féminine me permit de rêver à ce qu'aurait pu être ma liaison avec l'absente.

Avant de me concentrer à nouveau sur la musique, je songeai à mon ami peintre. Comment se comportait-il avec ses modèles ? Ma propre muse était partie pour l'Allemagne : que j'écoute alors la musique et que passe le temps.

J'aimais beaucoup la rue des Lois sous la chaleur estivale. Pressé, je la parcourais à grandes enjambées, malgré la température élevée qui incitait davantage à la flânerie. J'avais porté un jeu de photographies à développer à la Fnac - une pellicule en noir et blanc - et ce détour m'avait mis en retard.

Un coup d'œil, au niveau de la Mairie annexe, sur une jolie femme distinguée, à la longue chevelure blonde, qui portait merveilleusement bien une légère robe blanche à rayures noires et marchait d'un pas tranquille, un étrange sourire sur les lèvres.

J'arrivai devant l'ancienne Faculté de droit. La vieille et immense porte en bois était ouverte.

Oubliant mon retard, et mû par une soudaine et absolue nécessité, je pénétrai dans l'enceinte universitaire. Le jardin n'avait pas changé : bancs fanés à l'ombre d'arbres paisibles ; sous les arcades, les sempiternels panneaux métalliques où s'affichaient les résultats des examens.

Le mois de juillet avait naturellement vidé l'Université de ses étudiants, à part quelques spécimens qui prolongeaient l'année et traînaient sur les lieux, comme s'ils tenaient une permanence estudiantine dans un domaine qui leur appartenait en propre.

Je m'approchai des panneaux et déchiffrai les listes. Il y avait beaucoup d'étudiants... Où trouver le nom d'Anne ? Je sursautai en le découvrant, avec les matières juridiques qu'elle avait passées : le résultat n'était pas bon.

J'en fus surpris et même peiné. J'étais cependant certain qu'elle réussirait à la session de septembre, et me pris à réfléchir : qu'allait-elle devenir ?

Elle était partie pour deux mois en Allemagne... Avait-elle emporté ses livres de droit ? Son séjour outre-Rhin allait-il être considérablement perturbé par cet échec mal venu ? Mais surtout, comment ma jolie petite Anne, si fine et intelligente, avait-elle pu mordre la poussière ?

Déçu, j'allai m'asseoir sur un banc, celui-là même où, prétextant un jour une discussion littéraire sur le dernier livre de Sollers, je l'avais invitée à Venise ; elle avait évidemment refusé, aussi affolée que cette fois où je lui avais proposé un week-end à Cadaquès. J'avais compris le refus de Venise : symbolisme lourd, romantisme échevelé qui n'était pas de mise, c'était le moins que l'on pût dire, dans nos relations. Par contre, j'avais moins bien admis le rejet de Cadaquès, sortie absolument banale dans une ville comme Toulouse qui vivait à l'heure espagnole.

Visiblement, quelque chose clochait dans ma stratégie amoureuse. J'en venais à maudire la force de mes sentiments. J'étais plongé dans une solitude infernale, je ne savais plus où aller, ne désirais plus rien, était devenu incapable de réagir positivement.

Et ce temps pourri !... Tout se conjuguait pour rendre plus pénible son absence ! Emprisonné, voilà... J'étais emprisonné dans mon amour pour cette étudiante en droit qui n'était même pas capable de réussir ses

examens, alors que je l'aimais et que je veillais sur elle comme jamais personne ne le ferait.
Ironie de la vie, chassé-croisé classique des sentiments... Et pourtant nous étions à Toulouse.
Je levai le nez : le ciel était à l'orage. La chaleur sympathique du début de l'après-midi laissait maintenant présager une pluie battante dont les gouttes énormes transperceraient tout et s'éclateraient sur le sol en tambourinant le rythme obnubilé d'une mélancolie sans fond. Je quittai mon banc, sortis de la Faculté par la rue Albert-Lautmann et décidai de remonter vers la place du Capitole en empruntant la rue Deville.
J'aimais beaucoup l'environnement, calme et studieux, de la Faculté de droit - l'ancienne et la nouvelle - et je prenais plaisir à m'y promener. Le souvenir de la silhouette d'Anne favorisait sans doute cette attirance pour le quartier.
Et si je me rendais en Allemagne pour discuter avec Anne de son avenir compromis par ce malencontreux échec à la session de juin ? Non. Cette idée n'était qu'un misérable prétexte.
En outre, il existait une raison incontournable qui m'empêchait d'agir dans ce sens : j'étais déjà allé en Allemagne et ce, dans des circonstances tout à fait particulières.
J'avais une vingtaine d'années. Appelé à devenir un brillant sous-officier, à la suite d'une préparation militaire, j'avais demandé à être affecté en Allemagne de l'Ouest.

Doué, en effet, des connaissances historiques minimales, je n'avais pas pardonné à ce peuple sa barbarie du milieu du siècle, rancune tout à fait intime et, il faut bien le dire, quelque peu désuète à une époque où toutes les personnes sensées réfléchissaient déjà à la construction de l'Europe. Ce fut pourquoi, en demandant cette affectation, je ne donnai aucune explication à l'officier du recrutement, étonné par ce choix difficile.

J'avais été nommé non loin de la frontière, cependant, je me sentais à l'étranger. La vie militaire était conforme à ce que l'on pouvait en attendre, et j'aurais passé une année normalement ennuyeuse si je n'étais tombé malade quelques semaines après mon incorporation. Une pleurésie qui me valut une admission dans un hôpital militaire.

Rude milieu dont je conserve quelques souvenirs. Celui d'une jeune femme blonde, sculpturale, présente à mon réveil de réanimation. Elle était en train de vérifier la tenue de ma bouteille de perfusion ; je n'avais pu m'empêcher de remarquer dans l'échancrure de sa blouse blanche, une paire de seins superbes, emprisonnés dans un soutien-gorge bleu clair.

Et puis les interminables parties de billard ; les malades du service de Psychiatrie, tellement dangereux, dont il nous fallait nous méfier, nous, les malades du service de Médecine ; et aussi cet instant où je me rendis en cachette dans les toilettes pour fumer la première et brûlante cigarette de mon hospitalisation ; et le saucisson partagé dans la chambrée avec cet ami, un joueur de rugby du Sud-Ouest ; le retour, enfin, hébété, à Paris, après deux mois dans une Allemagne d'autrefois.

Mes souvenirs faisaient donc que la vue d'un uniforme n'éveillait pas chez moi d'agréables sentiments. Et je ressentais une certaine amertume lorsque mon regard tombait sur l'insigne de l'hôpital militaire, insigne que, par dérision, j'avais acheté. A fortiori, je n'avais jamais imaginé, suite à cette expérience quelque peu larmoyante, retourner un jour en Allemagne ; j'estimais avoir payé mon modeste tribut à l'Histoire. *Acta est fabula.*

Fleurance

Florencia floruit, floret, semperque florebit.
Elle m'avait demandé une rose jaune mais la fleuriste n'en avait pas cette semaine-ci ; deux variétés seulement étaient proposées, à des prix différents selon la longueur de la tige.

Je sortis machinalement deux pièces du fin fond de la poche de mon jean et quittai le magasin, ma rose à la main. J'aurais préféré en cueillir une dans mon jardin, mais le but réel de l'opération était de l'offrir à la femme que j'aimais, donc, cela n'avait aucune importance.

Elle dormait encore quand j'arrivai. Que m'avait-elle dit hier soir ?

- Tu vas m'user à force de me regarder...

La véritable question, en fait, était de savoir si cette saleté de sentiment d'amour existait réellement, ou si cela n'était qu'un leurre. Un formidable leurre pour pigeons transis, comme ceux bêtement posés sur le toit de la Mairie de Fleurance, que j'apercevais à travers les vitres des immenses fenêtres. Ces fenêtres rendaient l'appartement très lumineux, surtout avec ce soleil d'hiver qui inondait la pièce, offrant l'image d'un cadre sain et chaleureux. Oui, c'était un bel appartement ; agréable, cossu, élégant et bien situé, au cœur de Fleurance, avec une vue plongeante et magnifique sur la halle du centre-ville.

Florencia, bastide gasconne qui portait le nom de sa marraine transalpine... Fleurance était bien jolie sous le soleil qui régnait sans partage dans un ciel bleu et pur à la fois, un ciel d'été mais sans la véritable chaleur.

Jusqu'à quelle heure allait-elle dormir ? Je commençais à m'ennuyer. Le rythme était trop lent, comme la chanson du CD des Rolling Stones que le schuffle avait choisi tout seul : *Thru and Thru 6.00* (six minutes, pas une seconde de plus. Pas une).

Bon, soit je la réveillais, soit... Pour gagner un peu de temps, je décidai de ressortir et d'aller acheter *La Dépêche*.

Revenu, et la belle toujours endormie, je lus le journal, ligne après ligne, une par une. Vive la presse écrite du dimanche matin ! Si je n'avais pas aimé la couverture du supplément TV magazine de la semaine précédente, celle-ci, par contre... Anne Sinclair.

Désœuvré, je contemplai les tableaux et les cadres posés sur le sol du salon : poussiéreux, quelques-uns abîmés à force d'être déménagés, ils attendaient un coup de chiffon, voire des clous minuscules à tête d'homme pour ceux dont le bois d'encadrement était sorti de ses gonds. Elle avait déclaré qu'elle s'en chargerait au cours de l'après-midi. Quant à moi, une fois les tableaux réparés et nettoyés, je devais prendre la perceuse et, ensemble, nous les poserions en divers endroits de l'appartement afin d'en parfaire la décoration. J'étais impatient de voir le résultat. Ce n'était pas seulement la fin de l'emménagement qui m'intéressait. À vrai dire, je m'en moquais même un peu. Posés ici ou là, quelle importance ? Seule comptait sa présence à elle. Appartement et femme, tout cela allait très bien ensemble.

Elle allait bien finir par s'éveiller...

Cette femme qui sommeillait, c'était un trésor caché, une joie retrouvée. La seule qu'il me restait avec l'amour de la musique.

Quand elle dormait, moi j'écoutais des disques. Ce matin, c'était Mozart ; comme souvent d'ailleurs. Certainement trop brillant pour moi, sans doute ne comprenais-je pas toutes les notes de musique. Encore que... J'éprouvais en l'écoutant, un sentiment de mystérieuse fraternité. J'aimais Mozart depuis toujours et cette musique m'accompagnait de plus en plus souvent, jour après jour, étape après étape.

Elle dormait encore.
Je continuai à contempler le beau décor de notre amour naissant. C'était un tremplin qui me permettait de laisser la force envahir de nouveau mon corps et mon esprit. Je devinais les heureux événements qui allaient ensoleiller ma vie dans les prochaines semaines, dans les prochaines heures. Je les savais et j'étais prêt et heureux. En attendant, posé dans mon bel appartement fleurantin, je patientais au réveil de la femme aimée.
Femme. J'avais beaucoup de choses à lui dire…
Je pouvais apercevoir, de la fenêtre, une statue, à l'angle de la place ; un joli corps de femme, élancé et réaliste, belle et charmante.
Au bruit des rues, Fleurance achevait de se réveiller. Elle, elle dormait toujours.
Je me levai et préparai avec tendresse la table de son petit-déjeuner. Cette tasse blanche, assez grande, dans laquelle elle buvait son thé… Mon professeur de théâtre - j'avais pris des cours à Toulouse - nous donnait comme exercice d'imaginer boire notre café en pensant très fortement à la tasse que, tous les matins, nous tenions entre nos mains ; c'était très facile à faire et c'était alors que l'on réalisait l'importance de cet ustensile.
La petite cuillère. Le sachet de thé. Le sucre. Le presse orange, l'orange et le couteau. La barre de céréales,

incontournable attribut du petit-déjeuner de la plupart des gens. Moi, je n'en étais pas un adepte ; je trouvais que ces barres n'avaient pas tellement de goût, que leur forme n'était pas très appétissante et, à vrai dire, je me moquais de ne pas manger le matin. Elle me disait bien, souvent, que j'avais tort ; et elle avait raison.
La table dressée, je posai un mot tendre près de la tasse blanche. Un mot pour elle, pour la faire sourire dès son réveil.
Ainsi allait la vie, en ce samedi matin, à Fleurance, dans le Gers.

Toulouse

La soirée masquée battait son plein dans cette jolie maison d'un village de la Haute-Garonne, à quelques kilomètres de Toulouse. Les gens dansaient, devisaient, buvaient...
- Je t'ai apporté un paquet de Chesterfield.
- Pourquoi ? m'interrogea-t-elle.
- Tu ne te souviens pas ? L'autre jour, je n'avais plus de cigarettes et tu m'en as offert tout au long de la soirée. Tu m'en as même donné quelques-unes pour mon retour.
- C'était normal, dit-elle.
- Non, c'était gentil.
- C'était normal, répéta-t-elle.
- Je l'ai dit à l'un de mes amis ; il m'a expliqué que tu avais eu pitié de moi.
- C'est un imbécile. Ce n'est pas vrai.

- Tu es généreuse.
- Tout dépend.
- Tu veux le paquet que je t'ai apporté ?
- Non, garde-le.

Elle refusait le paquet de cigarettes et j'en étais quelque peu marri.
- Tu danses avec moi ?

Elle me rejoignit.
Tout en évoluant sur la musique, nous nous mîmes à parler. Elle adopta un ton léger et volubile, le même, certainement, qu'elle devait employer lors de ses plaidoiries d'avocate au Tribunal de Toulouse. J'en éprouvai de la contrariété. Je plantai mon regard dans le sien et j'y vis une lueur à la fois révoltée et troublée. Elle avait parfaitement compris qu'elle me plaisait mais elle résistait, c'était logique. Je ne pouvais pas gagner à tous les coups ni séduire cette jolie avocate comme cela, sur un regard et trois rencontres. Dommage... Nous avions néanmoins progressé : elle était au courant de mes intentions.
Nous nous séparâmes en souriant et je retournai vers notre table.
Il faisait chaud et la plupart des invités avaient relevé leurs masques ou leurs loups. Une fille qui dansait de plus en plus vite fut gênée par le sien et me le tendit en riant. Je le pris avec précaution et allai m'asseoir sur un fauteuil, attendant la fin de la chanson.

La soirée avait bien démarré. Je repris une coupe de champagne et échangeai quelques mots avec un type avec lequel j'avais sympathisé ; un barbu africain, de Colomiers, qui cherchait consciencieusement et joyeusement sa proie - un peu comme moi, à la différence que mon choix était déjà fait : ce serait l'avocate et pas une autre.
Je me dirigeai ensuite vers la cuisine où discutaient plusieurs convives. Elle était là, perdue au fond de la pièce, en grande conversation avec un type, ce qui m'agaça profondément.
J'étudiai la jeune femme. Elle s'était habillée d'une robe noire, serrée et décolletée ; ses seins étaient magnifiques, un peu agressifs mais beaux, vraiment beaux.
Je me postai dans l'embrasure de la porte de la cuisine et croisai son regard. Lorsqu'elle me vit, elle se leva aussitôt et se dirigea vers moi. Je l'entraînai vers la piste. Elle recommença à discourir de son ton un peu trop professionnel, à mon goût. J'accentuai alors la pression de mes mains sur ses hanches rondes ; elle sourit. J'effleurai ses lèvres et nous quittâmes la piste de danse.

D'un geste gracieux et empreint de pudeur, elle ferma la porte de la chambre, tourna la clé dans la serrure, puis s'approcha de moi. Je l'embrassai ; elle répondit.
Longtemps, je la caressai. C'était très agréable, elle était douce, consentante et de plus en plus active. Je glissai une main sous sa robe. Elle portait des bas... Durant un

bref instant, elle se crispa, juste un tout petit peu, puis se laissa aller. Je regardai son visage : elle ne portait plus son masque d'avocate.

Nous fîmes l'amour longtemps. Mon désir ne m'avait pas trompé et j'éprouvais l'agréable impression d'être très proche de cette femme. Je me sentais bien et, me semblait-il, elle aussi. Câline et contente, elle se releva doucement. Je lui avais fait l'amour en y mettant du sentiment et elle l'avait ressenti.

Elle se rhabilla. Les courbes et les pointes de ses beaux seins disparurent sous la robe mais je savais que je les reverrais.

Nous traversâmes la salle de danse, retrouvâmes la cuisine ; elle accepta une Chesterfield. La soirée se poursuivit.

Fleurance

Elles étaient quatre ; quatre statues de femmes. Une à chaque angle de la place.

J'avais toujours cru qu'il n'y en avait qu'une, femme unique et parfaite. Peut-être à cause de la sempiternelle carte postale de Fleurance qui trônait sur le présentoir du marchand de journaux ; elle représentait en fait celle qui s'élevait à l'angle de l'esplanade, du côté de la pharmacie. Mais il en existait donc trois autres, tout aussi belles et gracieuses, sentinelles fortes et discrètes.

Je décidai que j'irais les étudier de près dès que j'aurais un peu de temps. Pour l'heure, il me fallait rentrer.

Dans le ciel bleu étaient posés des nuages blancs cotonneux, immobiles, tandis qu'un soleil généreux illuminait la ville.

Songeant encore à ces statues vigilantes et tendres qui passaient presque inaperçues, je mis un disque des Beatles. Je souhaitais rêver de ces muses fidèles.

Où pourrais-je en apprendre davantage sur ces quatre femmes statufiées ? Quel artiste avaient-elles inspiré ? Une rousse, une blonde, une brune, une châtain, quatre jeunes femmes bien vivantes, au tempérament chaleureux et généreux, qui avaient vécu

un jour et avaient guidé le regard et la main du sculpteur.

Muses gasconnes, où êtes-vous ?

Elles étaient quatre. L'eau, le feu, la terre et l'air ? Ou encore le printemps, l'été, l'automne et l'hiver ?

Oui, c'était cela. La seconde hypothèse était la bonne.

Quatre statues du XIXe siècle, une pour chaque période de l'année. Statues fontaine. Le climat en Gascogne est si clément - ce matin, soleil estival, alors que l'on était encore en hiver - que ces quatre statues auraient pu n'être qu'une. Été, hiver, automne, printemps, variations superfétatoires sur un même thème.

Comment avaient-elles atterri à Fleurance ? C'était un choix - et un don - d'un ancien Maire de la ville, un nommé Cadéot.

Pourquoi ces femmes ? Installées à chaque angle de la halle du centre-ville, elles donnaient l'équilibre des points cardinaux. Mais encore ? Et pourquoi cette femme ici, à différentes saisons, qui regardait les passants déambuler sous les arcades de la bastide ?

Elle rassurait plus qu'elle ne faisait rêver. Peut-être parce que trop exposée, pas suffisamment pudique pour être complètement aimée, trop visible pour plaire vraiment. Où est le charme à tous vents ?
Et pourtant, elle était là, surplombant sa fontaine, élégamment drapée, à la fois simple et distante, songeuse, un peu mélancolique. Qui attendait-elle ?
Le disque laser des Beatles cessa de tourner sous son rayon. La musique s'interrompit quelques instants.
Il fallait que j'apprenne ce qui concernait cette belle fleurantine, apparemment trop visible pour plaire vraiment... Qu'elle me dévoile tous ses secrets.

ooo

Toujours ce ciel bleu de Gascogne, avec ces quelques nuages très blancs. Surprenant pour la saison, un orage avait éclaté la veille.
Je me sentais las, terriblement las. Fatigue morale et physique. Signe de vieillesse ? J'avais passé une mauvaise nuit, rêvé que j'étais victime d'un accident de voiture, puis atteint d'un cancer... Rien qui fût de nature à enrayer la déprime !
Heureusement, elles étaient là.

La partie allait être serrée entre mon amour gersois et mon avocate toulousaine d'origine espagnole !

Laquelle allait vaincre ? Les deux, sans doute, alliées d'une victoire partagée, qui s'ignoraient dans leur conquête parallèle de cet homme pensif.

Et moi ? Parviendrais-je à aimer deux femmes à la fois, les satisfaire et les rendre heureuses autant l'une que l'autre ? Comment vivrais-je ma bigamie ?

Hum... Sujet intéressant.

D'abord, avais-je réellement besoin de ces deux femmes ? Probablement non, la Gersoise pouvait suffire à mon bonheur. Probablement oui, puisque les circonstances étaient.

À vrai dire, ce n'était pas un gros problème ; c'était, même, plutôt une joie, une satisfaction de tous les instants. Toutes deux se complétaient bien, notre trio était harmonieux, et tout le monde y trouvait son compte.

Bien sûr, seul à connaître l'intime vérité, le secret n'était pas toujours facile à porter ! Mais j'assumais et me débrouillais pas trop mal de cette situation. Et puis, personne n'en souffrait, au contraire ; les deux femmes se sentaient également aimées, bien que pour des raisons différentes.

Si elles éprouvaient de la jalousie, ce n'était pas vis-à-vis l'une de l'autre puisqu'elles ignoraient leur rôle complémentaire.

En conclusion, je m'en sortais bien, avec seulement une petite entorse à mon honnêteté intellectuelle.

Ce n'était pas moi, mais les circonstances qui l'avaient voulu ainsi, c'était la raison pour laquelle je me sentais *moral*. Et puis, légitimement, j'estimais mériter ces deux femmes.

Donc, tout allait bien... Mise à part cette fatigue. Elles seules parvenaient à me la faire oublier. Fatigue, lassitude. J'aurais aimé être un fleuve, comme la Garonne ou le Gers ; suivre mon cours paisiblement, entre deux berges embellies d'arbres majestueux. Un fleuve pour me laisser couler. Un fleuve que rien n'arrête.

Je m'éloignai des rives fleurantines du Gers, où je remarquai que l'on avait coupé les peupliers plantés dix ans plus tôt, puis regagnai la place.

Je m'approchai de l'une des statues, redoutant quelque peu le ridicule si quelqu'un m'observait tandis que je contemplais la sculpture. Mais après tout, songeai-je, je faisais preuve d'une curiosité tout à fait normale envers ce legs de Cadéot. J'étais attiré par cette statue bien roulée, reproduite en quatre exemplaires.

Une plaque était vissée à ses pieds. Rien de particulier : une réfection en 1989, par la Mairie de Fleurance.

Je remarquai avec regret que la fontaine restait muette.

Lorsque je rentrai chez moi, un peu plus tard, mes pensées abandonnèrent la belle de pierre pour revenir à mes deux femmes de chair.

Je savais, quelque part au fond de moi, que ma préférence, à un moment ou à un autre, se tournerait

naturellement vers l'une d'elle. Mais pour l'instant je n'avais vraiment pas envie de choisir. Je souhaitais seulement que cette situation privilégiée se prolongeât le plus longtemps possible. C'était tellement agréable !
Je disposais de plusieurs heures de solitude avant que la Gersoise ne me rejoigne mais j'hésitais à prendre ma voiture pour aller me promener à Auch, ainsi que je le faisais, régulièrement, comme un aigle regagnant sa cime par intervalles.
Étais-je un aigle ? Image présomptueuse, me dis-je. J'étais plutôt modeste, habituellement. En attendant, la vie d'un aigle était passionnante !

Bon... Pourquoi aimais-je ces statues fleurantines, moi qui avais le bonheur d'être aimé par deux femmes exceptionnelles qui, par leur présence enrichissante, leur affection et leurs attentions, avaient chassé l'ennui de mon existence pour la transformer en un festival, un bal masqué permanent ? Avais-je le désir de laisser une trace spectaculaire de ces faveurs féminines, de témoigner au-delà de sa mort de leurs bienfaits sur ma personne ? Elles méritaient tout à fait qu'on leur érigeât des statues ! Et plus encore ! Des poèmes. Une anthologie de poèmes.
Cela me rappelait cette décision prise un jour, d'offrir à la femme de ma vie un recueil de ses poèmes préférés. La femme de ma vie aimerait-elle la poésie ?

ooo

- Je t'aime, murmura-t-elle, rompant le silence.
- Moi aussi, je t'aime.

Nous étions assis au soleil, sur un petit mur de la place de Montestruc. Je tournai le regard vers elle, vis qu'elle souriait, le regard dans le vague, l'air heureux.
Moi aussi j'étais heureux. Je faisais tout ce que je pouvais pour lui faire plaisir et j'avais envie de continuer à m'occuper d'elle. Je prenais cependant de temps en temps le soin d'observer l'évolution de notre relation, un peu comme un peintre contemple sa toile entre deux séries de coups de pinceaux. Satisfait, je pouvais affirmer que ce que j'avais réalisé jusqu'à présent, pour et avec cette femme, était une réussite. L'expression épanouie qui se reflétait sur son beau visage, en était un signe indéniable.
Cela n'avait pas toujours été évident, mais tout le temps intéressant, agréable et tellement tendre ! J'étais content.
J'observai le soleil qui jouait dans sa chevelure rousse, y allumait des reflets blonds ; elle tourna la tête et me regarda avec amour dans les yeux. Je lui rendis le même regard.
J'avais toujours fait ainsi avec les femmes qui avaient embelli ma vie : leur rendre ce qu'elles m'offraient, en faisant mieux, si possible, sans compter ni calculer, mais avec le maximum de cœur et d'amour.
Oui, elle était belle et je l'aimais vraiment ! Je jetai un coup d'œil autour de moi, sur le village haut perché sur

sa colline, et baigné par cette lumière d'après-midi ; puis je revins vers l'objet de mon amour. Elle s'ouvrait comme une jolie fleur, phénomène que j'appréciais non comme un pygmalion finalement indifférent, mais comme un amant sincèrement épris. Nous nous levâmes et fîmes quelques pas côte à côte. Nous allions devoir nous séparer pour quelques heures et le lien qui nous unissait en souffrait déjà. J'embrassai ses lèvres, ses jolies lèvres dont chaque mot prononcé revêtait une telle profondeur.
À regret, je la laissai enfin s'éloigner. J'avais hâte de la retrouver ; elle aussi. C'était pour cela que je l'aimais tant : elle savait être amoureuse de moi.

Toulouse

Elle était amusante avec ce déguisement revêtu à l'occasion du Carnaval de Toulouse : deux gros points rouges sur les joues, son chapeau melon et son costume turc.
Elle affirmait ne pas connaître Pirandello et après une furtive hésitation, car elle paraissait cultivée, je pensai qu'elle se moquait de moi. Comment pouvait-on apprendre le métier d'acteur et ne pas avoir lu cet auteur ? C'était impossible.
J'eus très vite conscience de ma naïveté et, malgré ce léger mensonge, la jugeai terriblement sympathique. Elle me consolait bien, en outre, de l'absence de l'avocate.

J'étais passé à son cabinet dans l'après-midi mais elle n'était pas là, ce que je regrettais beaucoup : Toulouse était magnifique sous le soleil hivernal et la place du Capitole très agréable en ce jour de marché ; il faisait bon, la foule déambulait paisiblement.

J'aurais aimé me promener avec la Toulousaine, l'entraîner dans les ruelles du centre-ville, marcher à ses côtés et redécouvrir avec elle tel ou tel endroit. Nous aurions pu nous rendre à un concert ; un concert de jazz, bien sûr, endiablé, qui l'aurait enchantée. Elle aurait ri, oublié ses soucis d'avocate, et se serait laissée aller, envahir par cette ambiance toulousaine très particulière que, ce jour-là, je ressentais.

À défaut, j'avais terminé ma journée en me rendant à une représentation théâtrale organisée par des amis. Après le spectacle, j'avais discuté avec cette fille enthousiaste et tourbillonnante, installée dans le public. Elle jouait sans arrêt son numéro et c'était aussi amusant que réconfortant. Cependant, si la Toulousaine était moins dynamique que cette étudiante, j'aimais la prendre dans mes bras et la serrer contre moi.

Le lendemain, elle n'était toujours pas revenue à Toulouse. Peut-être était-elle partie dans sa famille, en Espagne, me dis-je.

Me sentant abandonné, je me baladais rue des Lois en pensant à elle lorsque j'aperçus un groupe d'étudiants joyeux et turbulents qui remontaient vers l'université de droit. Je reconnus parmi eux mon actrice débutante, toujours aussi enjouée. Elle me vit aussi et, si nos regards se croisèrent, ils ne s'arrêtèrent pas, comme ceux des voyageurs de trains qui partent dans des directions opposées. J'eus malgré tout l'impression qu'elle avait du plaisir à me revoir…

Fleurance

Le vieux disque de Charlélie Couture qui tournait sur la platine laser numérique, et la pluie qui noyait Fleurance ne facilitaient pas l'inspiration, incitaient même plutôt à la mélancolie.
L'aménagement de l'appartement serait bientôt terminé ; la veille, nous nous étions rendus chez le quincaillier de la ville, acheter quelques clous, attaches, accroches et autres babioles. Nous venions de poser les derniers tableaux et enluminures, un peu partout ; dans la chambre, le salon, le cellier.
Maintenant, assise sur le canapé, elle lisait *La Dépêche* pendant que je préparais du thé.
Tranquillement installés côte à côte, nous écoutâmes tambouriner la pluie à l'extérieur, tout en dégustant le chaud breuvage.
Dedans, tout était calme, très calme ; réconfortant aussi, ce qui, certainement, était nécessaire. Tout allait bien.
I forget the sun… Je m'étais offert ce disque des Beatles ce matin ; une compilation de chansons absolument formidables que j'avais dénichée sur le marché de la

place Saint-Sernin à Toulouse. J'avais été attiré par la couverture noire et blanche du CD et n'avais pas été déçu : 18 tubes vraiment chouettes, joyeux et à écouter absolument les jours où il pleuvait sur Fleurance.
Les Beatles étaient-ils déjà devenus une nostalgie ? Sans doute puisque, un peu plus jeune que moi, elle, n'écoutait pas la même musique ; par amour, elle faisait l'effort d'écouter mes disques, comme moi j'essayais parfois d'écouter les siens, mais c'était difficile. Moins dans son sens à elle, pensai-je sans être convaincu d'avoir raison.

J'écrasai ma cigarette dans le cendrier publicitaire que m'avait offert la buraliste pour l'achat de deux paquets de cigarettes Golden Superlights. Je me retournai et aperçus la femme de ma vie : elle s'était changée et, pour me faire plaisir, avait mis, comme pour sortir, cette jolie robe noire que j'aimais tant.

Toulouse

Le téléphone qui sonnait. Était-ce elle ? Oui, c'était bien l'avocate. Je fus heureux lorsqu'elle m'informa qu'elle était rentrée d'Espagne et avait envie de me voir. C'était une bonne nouvelle, car je me sentais solitaire depuis mon retour à Toulouse.
Je lui demandai ce qu'elle souhaitait faire ; restaurant, cinéma, opéra, amour, théâtre, promenade, jogging... ? Elle me répondit qu'elle s'occupait de tout, que je

n'avais aucun souci à me faire, que je n'avais qu'à me laisser aller jusqu'à elle. C'était amusant et attirant, et j'acceptai ses conditions.
- Es-tu misogyne ?

La question semblait avoir une réelle importance pour elle. Qu'elle était belle, cette avocate toulousaine, avec ses jolis yeux, son beau regard presque suppliant ! C'était, véritablement, une bonne maîtresse et je m'attachais de plus en plus à elle.
Nous avions passé une excellente soirée tous les deux et elle avait tenu ses promesses. Mais... quelque chose me déplaisait profondément dans tout ce cirque. Que devenais-je, partagé entre ces deux femmes égoïstes ?
Brutalement, sur un ton gentil, mais brutalement quand même, je lui fis part de mon sentiment. Je ne pus ignorer l'ennui que suscitait chez elle cette affirmation ; elle se mit à réfléchir, puis lâcha :
- Je t'aime !
- C'est-à-dire ?
- Je suis amoureuse de toi.
- Prouve-le.
- Tu es gonflé !

Je l'avais connue brune, puis rousse, puis châtain... Bref, pour me simplifier la vie, j'avais décidé que sa chevelure était auburn. Et puis, elle était jolie, bien roulée, et intelligente, et me plaisait beaucoup ; j'appréciais aussi qu'elle fût avocate...

De la tenir dans mes bras, me comblait. Mais pourquoi me demandait-elle de ne pas devenir misogyne ? Comment diable avait-elle pu deviner, lire dans mes pensées les plus intimes, saisir que je traversais une période où j'avais l'impression que les femmes abusaient de moi, de ma bonne volonté, à tel point que je n'arrivais plus à les comprendre, moi, leur ami.
J'en fis la réflexion à voix haute.
- Mais c'est normal, me répondit-elle. Je t'aime, je suis attentive à tes pensées, tes actions, sensible à ce que tu ressens. Toi aussi, tu comprends tout ce que je pense, je n'ai rien à dire et tu devances mes envies, mes besoins. Pourquoi ne serait-ce pas réciproque ? Tu vois bien que tu deviens misogyne ! Je ne le veux pas, je t'aime trop.
- J'ai de bonnes raisons, non ?
- Je t'en prie...

Devinant que je ne saurais lui résister, elle se fit charmeuse. Elle pouvait, et j'appréciais, mais je n'étais pas entièrement convaincu du bien-fondé de ses arguments, et j'en avais gros sur le cœur. Elle allait devoir se remuer un peu plus. Oui.
- Tu penses vraiment que je deviens misogyne ? m'inquiétai-je tout de même.

Elle se replongea dans la réflexion. Elle était vraiment jolie, tout à fait mignonne ! Son nez plissait un peu lorsqu'elle se mettait à penser, et le fait qu'elle réfléchisse sérieusement avant de répondre à ma

question me la rendait encore plus sympathique et attachante. J'acceptai donc de penser qu'elle tenait un peu à moi. Elle parla enfin :
- Non, en réalité, je ne le crois pas. Ce n'est pas possible. Mais je m'inquiète pour toi, alors, voilà, je teste.
- Tu joues avec moi ?
- Mais non ! Écoute... Qu'est-ce qui te ferait plaisir ?
- Toi.
- Tu n'es pas misogyne... Tu es étourdissant.

Pourquoi me flattait-elle de la sorte ? Quel était le piège ? Je devenais méfiant.
J'avais envie de lui offrir le meilleur, elle le méritait. Comment lui faire comprendre le profond respect que je ressentais pour elle ? Malgré mes envies, mes regards concupiscents sur ses seins, ses hanches, sa chute de reins et tutti quanti, ce désir insatiable que j'éprouvais pour elle, comme pour la Gersoise, cette attirance physique permanente, cette quête joyeuse du plaisir, je voulais aussi qu'elle comprenne que je l'aimais à d'autres moments.
J'essayai de le lui expliquer mais j'étais timide et ce n'était pas facile.
Nous marchions tous les deux dans les rues du centre de Toulouse, toujours aussi agréable. Toulouse est une des plus belles villes du monde, je peux l'affirmer sérieusement car j'ai beaucoup voyagé ; Paris, New York, Madrid, Londres, Venise, Tel-Aviv, Athènes, et d'autres, tant d'autres ! Mais je suis toujours revenu à

Toulouse, ville extraordinairement attachante, difficile à aimer, comme toutes les femmes exceptionnelles, mais qui, comme elles, rend si bien ce qu'on lui offre.
L'avocate avait une démarche gracieuse ; c'était une femme aux formes rondes, pas un corps filiforme. Elle avait une poitrine, des fesses, des belles hanches confortables, mais elle marchait d'un pas léger. Elle était belle et les hommes se retournaient sur son passage. Intelligente et pleine de tact, elle savait ne pas rendre son amant jaloux, ce qui était formidable. Je pouvais lui faire confiance, elle était très fidèle, ce qui, dans ma situation, était particulièrement appréciable ; partagé entre mes deux femmes, j'aurais mal vécu l'infidélité de l'une ou de l'autre. Je suffisais à leur bonheur et cherchais simplement à être le plus heureux possible, ce à quoi elles s'employaient, leur amour, à chacune, se rejoignant dans une mystérieuse complicité féminine que je savourais avec délicatesse.
Nous arrivions place du Capitole, cette superbe esplanade que je pouvais traverser plusieurs fois par jour sans me lasser. Je ne savais pourquoi mais là était le centre, le point d'orgue de la région Midi-Pyrénées, l'illustration flamboyante de ma déclaration d'amour à la ville de Toulouse. Il suffisait de porter ses pas place du Capitole, d'ouvrir les yeux, et l'on comprenait.
J'en étais encore à tenter d'expliquer à l'avocate que je ne l'aimais pas seulement quand je jouissais en elle, pas uniquement pour le merveilleux plaisir qu'elle m'offrait le plus souvent qu'elle le pouvait, mais que je l'aimais

aussi d'une autre manière, pour plusieurs bonnes raisons.
C'était sincère et cela paraissait simple, mais je m'empêtrais dans mes explications confuses.
Nous arrivions devant la grande croix occitane encastrée au centre des dalles. Nous restâmes quelques instants silencieux, à regarder le chef-d'œuvre. Puis elle se tourna vers moi, un sourire tendre sur les lèvres :
- Mais ne te fatigue pas, je comprends ce que tu veux me dire. Je t'aime comme tu es, tu me rends très heureuse. Je te le prouve, non ?
- Oui. J'ai simplement envie de te le dire.
- Tu agis tellement mieux ! Cela étant, tu as parfaitement le droit d'employer les mots ; si cela t'est nécessaire, pourquoi pas... Au fond, c'est encore mieux, troubadour. Tu feras tout ce qu'une femme attend. Et ainsi, avant d'atteindre l'ultime but de cette quête, je me sentirai aimée, très aimée ; c'est une histoire d'amour qui dure. C'est moi qui suis insuffisante. C'est moi, la femme, qui dois apprendre à aimer. Voilà un homme intéressant, qu'une femme a envie d'aimer et de rendre heureux. Tu es terrible. Ce qui te ferait plaisir est de m'avoir. Tu m'as. Je suis à toi.
- Mais non !
- Mon cœur est à toi.
- Tu es certaine ?
- Oh oui !

Fleurance

Là, on pouvait affirmer que cela n'allait plus du tout. C'était, en quelque sorte, physique. J'éprouvai un moment de bonheur en poussant les volets de la fenêtre qui ouvrait sur la place de Fleurance et en apercevant la statue, cette fameuse statue fidèle au poste. La fatigue arriva immédiatement après, épouvantable et incontournable.

Mes deux muses risquaient de ne gagner, au bout du compte, qu'un homme épuisé !

Elle m'avait écrit une lettre d'amour, une jolie lettre que j'avais, cependant, trouvée trop courte et peu réaliste. Trop courte parce que je croyais inspirer davantage d'amour, peu réaliste parce que ses mots à elle avaient peu de poids dans la construction de notre bonheur. Il en ressortait toutefois qu'elle était heureuse, et de cela j'étais fort satisfait.

Quant à moi, je n'avais plus à me demander si j'étais heureux, content, et toutes ces calembredaines : j'étais épuisé, tout simplement épuisé, au bout du rouleau... et pas de place pour les sentiments lorsque survenait la question de la survie !

Ne comprenaient-elles donc pas, la belle Gersoise et l'adorable Toulousaine, que je n'en pouvais plus ? Qu'attendaient-elles pour soulager l'homme qu'elles aimaient ? Étaient-elles aveugles ? L'art de la vertu est difficile, et c'est ce qu'elles avaient du mal à comprendre. Je ne prétendais pas posséder la vertu au plus haut point, mais tel était bien le but de ma progression. Je ne me prenais pas trop au sérieux, heureusement pour elles, et cette maîtrise de la vertu était joyeuse pour tout le monde.

Elle dormait encore ; levé tôt, je m'étais offert le plaisir d'aller prendre un café sous les arcades de Fleurance, tranquillement attablé sous un agréable soleil matinal. La bastide était paisible à cette heure, et très agréable. Pour fixer l'instant, je pris sur le présentoir du marchand de journaux une carte postale, une reproduction d'une aquarelle représentant la Mairie telle que je pouvais l'apercevoir des fenêtres de mon appartement ; mais ce que j'appréciais surtout, c'était que la peinture avait saisi l'une des statues.

Je rentrai chez moi, *La Dépêche* sous le bras, posai la carte postale sur mon bureau, vision en stéréophonie du décor fleurantin, puis m'assis sur le canapé pour découvrir les dernières nouvelles du jour ; je compris, à la lecture du quotidien, que le monde n'était guère vertueux, ce qui me confirma dans mes intentions.

Elle n'allait pas tarder à se réveiller et venir, espiègle, poser sa jolie tête aux cheveux roux dans le creux de mon épaule.

ooo

Toulouse

- Et d'abord, est-ce que tu m'aimes ? Je suis jolie, très jolie, c'est pour cette raison que tu m'aimes. Pour faire l'amour avec moi ! Tu ne m'aimes pas.

Elle était nerveuse ce jour-là.
- Tu es belle, oui. Et je t'aime, je tiens à toi.

Elle avait plaidé toute la matinée au Tribunal, et était épuisée. Le métier d'avocate était difficile, très fatigant ; je ne m'en doutais pas avant de devenir son amant.
Je l'avais fait entrer chez moi et nous avais servi un verre. Assise sur le canapé, ses superbes jambes soigneusement repliées, elle dégageait un charme fou. Bien habillée, mais apparemment lasse.
Je n'appréciais pas de la voir ainsi, contrariée, énervée. Même si sa réflexion colérique n'était en réalité qu'un appel au secours, elle avait prononcé ces mots négatifs et c'était grave, justement en raison de son métier d'avocate. Je voulais comprendre ce qu'elle ressentait ; plein d'affection pour elle, je la désirais heureuse, détendue et amoureuse.
- Pourquoi me parles-tu ainsi ? demandai-je.
- Je t'en prie, tu n'es pas mon père !

L'invocation du père n'était pas bon signe. Intrigué, je la dévisageai attentivement, réfléchissant à ce que je pouvais faire pour elle, et clore cette dispute d'amoureux.
- Que se passe-t-il véritablement ?
- Tu me trompes.

Cette manifestation de jalousie ne m'étonna pas ; cela arrivait régulièrement. Mais j'avais, jusqu'à présent,

toujours fait en sorte qu'elle n'en souffrît point. Or, là, elle semblait malheureuse. J'étais pourtant certain qu'elle ne savait pas... Ce n'était donc pas la véritable raison de son trouble du jour.
Moi qui connaissais la femme, je devinais sa fragilité derrière son masque d'avocate. Fragilité qu'elle s'évertuait à dissimuler, surtout devant moi, car elle craignait plus que tous les comportements paternalistes. Le sachant, je lui épargnais d'avoir à adopter ce genre d'attitudes, bien qu'elle y soit encline. Lorsqu'elle était fatiguée, cela resurgissait ; il fallait bien qu'elle me reprochât quelque chose. Reproche infondé, car j'avais trop de respect pour elle et elle le savait pertinemment. Mais cela faisait partie du jeu amoureux que nous vivions tous les deux, moi, l'homme pensif sans attaches, et elle la belle avocate toulousaine, huppée, installée, brillante et sympathique.
J'avais beaucoup de bonnes raisons de l'aimer. Elle le sentait et me rendait cet amour au centuple. Cette petite scène était sans doute destinée à me montrer qu'elle tenait à moi... Sinon, pourquoi ? C'était là l'un des mystères attachants des comportements féminins. Obtenir l'amour d'une femme, se le voir offrir, était une grande jouissance, un immense plaisir.
Je lui proposai d'aller dîner dans une crêperie que je connaissais, à quelques mètres de la place du Capitole.
Elle allait un peu mieux, le stress de sa journée s'était estompé ; et puis, ma présence lui faisait du bien. J'avais déjà remarqué qu'en ma compagnie, elle se calmait, se

détendait, pour redevenir cette agréable maîtresse dont je ne me lassais pas depuis bientôt deux ans. Oui, deux années que nous nous aimions ! Le temps avait passé très vite, créant entre nous une complicité sans habitude, un attachement profond et léger. C'était un bel amour qui nous unissait.

Je la regardai avec tendresse, conscient de la chance qui m'avait été donnée de rencontrer cette femme et de me faire aimer d'elle. J'entrepris alors de lui expliquer ce qu'elle représentait pour moi en lui faisant une déclaration d'amour sincère. Je vis s'écarquiller ses yeux tandis qu'elle m'écoutait, charmée et attentive, heureuse des mots que je prononçais pour elle. La plaidoirie de mes sentiments fut convaincante. Le sourire réapparut sur son visage. Elle savait que je lui disais la vérité, elle avait confiance en moi. Comprenant combien cela était important pour elle, je lui répétai tout l'amour que j'éprouvais, les joies qu'elle me donnait, l'importance qu'elle avait prise dans ma vie.

- Moi aussi, je t'aime, conclut-elle. Je lui resservis un verre de cidre.

- Mais tu es tellement... insaisissable, ajouta-t-elle. C'est épuisant, pour une femme.

- Que veux-tu ?

- Je voudrais... que tu m'aimes.

- Tu n'as pas à en douter.

- Non, mais... je ne sais pas, je me sens seule, tu n'es pas tout le temps là ; et tu... tu ne m'appartiens pas.

- Heureusement ! Et ma liberté ? Et la tienne ?

- Oui, bien sûr.
- La liberté d'aller et venir, la liberté de ne pas se tromper, le temps de vivre, de réfléchir, de ne pas se lasser. Qu'en fais-tu ?
- Je t'aime. Je n'ai plus besoin de tout cela.
- Tu fais erreur.
- Non, j'en suis certaine. Tu dois faire quelque chose pour nous.
- Je vais y réfléchir.

Cette femme était très forte ; très amoureuse aussi. C'était un plaisir de vivre à Toulouse avec elle, une aventure fantastique.

ooo

En ce premier jour de printemps, le square du Général de Gaulle était bondé, plein à craquer. Nous marchions tous les deux d'un pas alerte, elle songeuse, moi regardant les badauds toulousains, vifs et joyeux. Arrivés sur la place du Capitole, nous nous attablâmes à la terrasse d'un café. Elle semblait toujours aussi pensive, perdue dans son introspection sur notre amour ; je devinais ce qui agitait la jolie avocate, mais qu'y pouvais-je ? L'amour est une longue patience.
Son regard cessa d'errer dans le vague pour se poser sur moi :
- Mais pourquoi m'aimes-tu ?
- Encore cette question ?

- Pourquoi pas ? Je ne comprends pas.
- Parce que tu m'aimes, tout simplement.
- Tu pourrais te fatiguer un peu plus.
- Eh bien, je trouve que ta façon d'agir en tant que femme est haute, elle me plaît. Tu ne m'as jamais déçu, toujours agréablement surpris. Je te promets. Tu m'impressionnes. Tu m'offres le meilleur de ce que peut donner une femme, et je sais l'apprécier. C'est bien, vraiment bien.

Nous allions nous séparer pendant quelques jours et elle était triste ; me revinrent soudain ces mots que Pierre Coulaud, critique littéraire de la Dépêche du Midi, avait écrit sur Toulouse : « *Hélas ! Clémence Isaure n'a jamais existé. Sa légende prit corps - ou plutôt statue - au XVIe siècle quand les mainteneurs des Jeux (Floraux) eurent retiré du cloître de la Daurade la sculpture funéraire d'une jeune dame, Isalguier (déformée en Isaure) prénommée Clémence, car de nombreuses poésies composées en l'honneur de cette vierge élégiaque imploraient son pardon. Sous le portique de l'hôtel d'Assézat, elle tient dans ses bras la charte et le bouquet symbolique des Jeux.* »
Je décidai d'emmener de ce pas ma maîtresse vers la place d'Assézat ; puis, devant la statue haut perchée et magnanime, je sollicitai son indulgence alors que je la laissais seule à Toulouse. Sans hésitation, elle m'accorda son pardon. Amour réciproque, originalité de son

amant... Elle me voulait et avait compris ce qu'elle avait à faire. Elle me tendit ses lèvres, nous nous embrassâmes, puis je m'éloignai d'un pas rapide. Elle se mit à courir derrière moi...

Sarlat

Ce retour à Sarlat était un réel plaisir. La ville était calme. Bruine, marché sur la place du 14 juillet, quelques forains le soir de l'arrivée. Le charme de la cité médiévale agissait toujours autant. Pourquoi cet attachement à cette ville du Périgord ? Je ne pouvais l'expliquer ; là, j'étais un étranger, tout en possédant les souvenirs et les liens d'un homme du cru. Les Périgourdines et les Périgourdins que je croisais depuis mon arrivée ne m'étonnaient pas.
La belle Gersoise était avec moi. J'avais tenu à ce que ce fût elle qui m'accompagnât dans ce retour.
Retour était l'un des mots-clefs de ma réflexion d'alors : je suivais depuis quelques semaines l'étonnant et sympathique retour des Philosophes, signe d'une révolte intelligente à laquelle j'adhérais ; j'appartenais à l'école de l'éternel retour et, évidemment, beaucoup de choses ne m'intéressaient plus dans le débat. Mais en me réveillant, le matin, dans la chambre mansardée de l'hôtel sarladais, place Pasteur, à quelques mètres du secteur sauvegardé - et comme la modestie ne m'étouffait pas -, j'avais songé à Nietzsche, le souverain, qui au bout du compte, avait passé la majeure partie de

son temps à attendre que les autres le rejoignent. Quel dommage qu'une femme n'ait pas su l'aimer ! On ne peut tout avoir, il est vrai, la tragédie et l'amour.
Moi, j'avais l'amour. Celui de ma vie se réveillait tout doucement à mes côtés. Elle se leva, déjeuna, s'habilla pour me plaire.
Les rues de Sarlat nous attendaient. Elle ne connaissait pas la ville et je guidai sa visite ; nous déambulâmes, de ruelle en ruelle, dans cette cité considérée comme le joyau de la Dordogne, découvrant architecture et musée.
Elle m'entraîna à l'intérieur d'une église, plus précisément une cathédrale, située près du théâtre ; elle se signa et voyant que je restais les bras ballants, traça un signe de croix sur ma poitrine. Elle me proposa alors de m'épouser. Amusé et ému, j'acceptai la cérémonie nuptiale qu'elle me suggérait avec autant de grâce et de tendresse.
J'écoutai, attendri, son serment d'amour et de fidélité pour toute la vie. Nous ressortîmes du lieu saint, mari et femme. Entre-temps, le soleil s'était levé sur la ville, accentuant la beauté du site.
Le Bouffon ; ce fut le nom d'abord, puis le déjeuner qui y était proposé, qui nous incita à entrer dans le restaurant.
Je voulus, ensuite, visiter une exposition « du souvenir 1939-1945 » - le Périgord avait énormément souffert du nazisme. Nous découvrîmes ensemble des affiches de l'époque, des documents, des objets, vestiges de la

barbarie. Posée dans l'une des vitrines, une étoile jaune avec le mot « Juif » : elle n'en avait jamais vu, sinon au cinéma ; là, c'était une authentique, portée par un homme, une femme ou un enfant, signe tangible de l'infamie. Je lui expliquai cette période au cours de laquelle des êtres dits civilisés avaient osé infliger à d'autres, de coudre cette étoile sur leurs vêtements. Attentive à mes propos, elle agrippa d'une main crispée mon blouson, comme pour me montrer combien elle tenait à moi.

Cette exposition était utile et je ne regrettais vraiment pas de l'y avoir conduite. Nous jetâmes un dernier coup d'œil sur une grande affiche du Général de Gaulle, puis reprîmes notre visite touristique au pays de l'Homme.

Réveillée avant elle, le lendemain matin, je quittai sans bruit la chambre pour aller me promener dans la ville assoupie. Je remontai paisiblement toute la rue de la République, la Traverse, désertes. Une voiture s'arrêta. Un jeune homme déposa une jolie femme blonde qui partit d'un pas léger dans une ruelle transversale.

Je regagnai enfin l'Hôtel Saint Albert. C'était notre dernier jour dans le Périgord mais elle semblait ravie de ce séjour. J'étais satisfait : j'avais su lui faire aimer Sarlat.

ooo

Femme.

Je cherchai ce mot dans le dictionnaire que j'avais sous la main ; un Larousse de poche offert par une amie. Mon regard accrocha le mot *félicité*, ce qui me fit sourire. Je poursuivis ma recherche. *Féminin, féminisme* (« doctrine, mouvement d'opinion qui a pour objet de donner à la femme les mêmes droits qu'à l'homme dans la société ») et arrivai enfin à *femme* : « personne du sexe féminin. Compagne de l'homme. Celle qui est ou qui a été mariée ».
L'édition de mon dictionnaire était datée de 1979.
Femmes était le titre d'un livre de Philippe Sollers, écrivain français originaire de Bordeaux, en Aquitaine.
Et moi, que pensais-je des femmes ? Avais-je une opinion sur cette moitié du genre humain qui, selon l'un de mes amis, avait, notamment, le don d'accoucher ? En fait, non, je n'avais pas d'opinion. Je les aimais, un point c'est tout. Je ne les aimais pas toutes, et je n'avais jamais voulu toutes les aimer, même lorsque j'étais plus jeune, parce que je savais bien que ce n'était pas possible. Mais bon !... Elles me passionnaient.
Si je n'analysais pas trop le sujet ni ne cherchais à donner de leçons dans ce domaine, je n'en étais pas moins homme. Vive la guerre des sexes ! Pourtant... La guerre avec les femmes me paraissait malaisée à concevoir, intellectuellement et pratiquement. J'étais un homme de paix et d'amour. Misogyne, phallocrate, certainement, comme tout homme - de la même manière qu'il existait des défauts spécifiquement

féminins ; le monde n'était pas androgyne. Je n'étais pas sorti complètement indemne des griffes des femmes, au cours de mes expériences d'homme. C'était normal puisque je m'étais beaucoup frotté à elles… pour y prendre un plaisir réciproque. Et, au bout du compte, je n'avais pas d'opinion sur elles parce qu'elles n'existaient pas en tant que concept : les femmes que j'avais connues avaient toutes un prénom, un nom, une histoire et, si j'avais été écrivain, j'aurais été le scribe affectueux et fidèle de ces femmes-là. Elles le savaient et pour cette raison ne me trouvaient pas du tout misogyne ni phallocrate. Je n'avais donc pas l'envie de chercher dans mon dictionnaire le sens de ces deux mots obsolètes qui, peu à peu, allaient s'effacer du sens commun, du vocabulaire des hommes.

Amoureux obstiné des femmes, et fier de l'être, je savourais paisiblement une vie de pacha entre mes deux femmes d'alors, la belle Gersoise et l'adorable Toulousaine. Elles demandaient beaucoup, étaient d'une exigence sévère, mais me rendaient tellement plus, que ma position était confortable.

J'avais, quelques jours plus tôt, cherché le mot fusion dans mon dictionnaire Larousse : du latin *fundere*, verser, répandre. Au sens physique : passage de l'état solide à l'état liquide d'un corps soumis à la chaleur, sans modification de sa nature chimique. État liquide dû à la chaleur. Au sens figuratif, réunion de plusieurs corps, mélange.

En somme, indécis dans mes amours de qualité, je rêvais que s'opérât une fusion des deux femmes qui m'aimaient, puisque moi-même, je me révélais incapable de prolonger cette situation compliquée. Devenais-je vertueux ?

Moi qui considérais le libertinage comme une saine réaction de l'être vivant, je regrettais cette évolution. Mais il me fallait aussi accepter que je vieillissais et que je ne pouvais plus continuer à me disperser de la sorte. En outre, j'aimais sincèrement la Gersoise et la Toulousaine, et ne supportais plus d'avoir à mentir à l'une et à l'autre.

Je ne songeais pas un instant, alors, que ces dernières pouvaient fort bien se satisfaire d'un tel partage.

Peu à peu, pourtant, approchait l'heure de déclarer mon choix, bien que la fin programmée de cet Éden sentimental m'attristât. Malheureusement, depuis quelque temps, je m'étais mis à penser à l'une lorsque j'étais avec l'autre, et j'en étais perturbé.

Il me fallait donc accepter de renoncer à l'une d'elle ; c'était la règle du jeu amoureux à la fin de la partie.

Mon choix était fait, définitif et ferme. Ce serait la Gersoise. Les derniers moments que j'avais passés avec elle avaient été formidables, ce qui m'avait poussé dans cette direction de m'investir définitivement avec elle. C'était ainsi, c'était elle que j'aimais le plus. Et c'était elle qui avait su le mieux m'aimer. Traversant la place du Capitole, je me surpris à songer à Fleurance, puis à Auch et à la vie en Gascogne.

Là-bas, je retrouvais le temps, mon temps à moi, et les gens qui y vivaient semblaient savoir prendre le temps de vivre. C'était appréciable.

À propos du temps, je m'étais renseigné auprès de l'office de tourisme de Toulouse sur la croix du Languedoc qui ornait désormais la place du Capitole ; aucune notice explicative n'avait encore été réalisée sur l'œuvre de Moretti, mais une jeune femme m'avait appris qu'il s'agissait d'une représentation du temps, des signes zodiacaux, etc.

Intéressant.

Toulouse

Elle alluma une Chesterfield. Toujours aussi charmante et désirable, dans son élégant tailleur. Je remarquai cependant que l'ourlet de sa jupe était légèrement décousu et retourné sur le haut de sa cuisse gauche ; j'hésitai à en faire la remarque mais le tact l'emporta sur le perfectionnisme.

Elle me tendit une revue éditée par la Mairie de Toulouse : un article donnait les explications techniques que je souhaitais, sur la croix de la place du Capitole. Qu'elle ait pensé à moi me faisait plaisir. Je lus rapidement le texte : « Croix en bronze qui symbolise le partage du temps - les douze mois de l'année, les douze heures du jour - et évoque les quatre points cardinaux. » Le puzzle occitan de Raymond Moretti mesurait 18 mètres, pesait 20 tonnes, c'était une œuvre

contemporaine impressionnante et respectable. Ma curiosité satisfaite, je remerciai l'avocate toulousaine. Il me fallait maintenant lui fait part de ma décision, lui annoncer que j'allais la quitter...
Stupéfaite, elle m'écouta jusqu'au bout puis se mit à pleurer doucement. Je la laissai se ressaisir, ce qu'elle fit rapidement avant de déclarer d'une voix ferme :
- Non, ce n'est pas possible ! Je ne te laisserai pas partir ! De toute façon, tu ne pourras pas te passer de moi ! Et puis, c'est à moi de décider. Je t'aime. Je t'aime vraiment !

Elle était certaine qu'elle parviendrait à me garder dans ses bras car les femmes étaient plus fortes que les hommes, ajouta-t-elle en dernier recours.
Je remarquai qu'elle avait arrangé l'ourlet de sa jupe et admirai encore le galbe de ses jambes désirables. What a nice girl ! C'était un crève-cœur que de quitter une aussi jolie femme, mais je n'avais plus le choix. Je souffrirai de cette séparation un temps... À moins qu'elle ne réussît à tenir ses promesses de me ramener à elle ! Elle m'avait souvent étonné par ses capacités.
Ainsi, puisque je m'apprêtais à quitter la Toulousaine, j'acceptai d'aller marcher avec elle dans les rues de la ville, ces rues que nous aimions ensemble.
Elle s'était reprise, faisant preuve d'une dignité qui m'impressionnait. Ou bien avait-elle une idée derrière la tête ? Difficile de cerner ce qu'une femme peut réellement penser !

Nous parcourûmes, sous un soleil généreux, le périmètre du centre-ville. Elle marchait lentement, comme pour retenir le temps qui passait, éloigner ce moment où nous nous séparerions...
Elle était si jolie !... Quel souvenir conserverait-elle de moi ? Je me dis qu'elle m'oublierait certainement puisque je n'avais pas voulu rester avec elle. M'en garderait-elle rancune ? Déjà, réalisai-je, je pensais au futur !
Je tournai la tête vers elle, lus dans ses yeux l'amour, l'indulgence, la compréhension et même de l'espoir. J'en éprouvai de la gêne et conclus que j'avais vraiment de la chance de connaître des maîtresses aussi formidables. Pouvaient-elles comprendre qu'il n'était pas possible de toutes les aimer ? regrettai-je.
À force de déambuler, nous nous étions éloignés de la place du Capitole, mon quartier, et approchions de chez elle.
Elle m'invita à entrer ; elle avait envie de tendresse et d'amour. La tentation était grande. J'y cédai.
- J'ai un cadeau pour toi...

J'ouvris avec délicatesse le paquet qu'elle m'avait remis. C'était un livre superbe, une anthologie de poèmes, découvris-je, ému. En page de couverture, elle avait inscrit un mot, sensible et tendre, à son image.
Cette femme était vraiment exceptionnelle... Et elle m'aimait, moi ! J'en étais esbaudi et le lui affirmai avec force et sincérité. Mes propos lui firent plaisir et, si elle

savait mériter ces compliments, elle était heureuse de m'inspirer ces sentiments. Elle n'oubliait pas, non plus, la manière dont je l'avais aimée, tout ce que je lui avais offert et, à l'idée que tout cela allait finir, elle se sentait vide.

Je lui souris ; elle me demanda de ne pas la quitter...

Fleurance

Je reconnaissais bien volontiers qu'elles étaient plus malignes que moi, mais, ma volonté étant pleinement respectée, je trouvai bien agréable de faire partie de leur jeu. Et puis, j'avais quand même mon mot à dire.

Je m'emparai de la carte postale de Fleurance et contemplai la statue qu'elle représentait. La belle Gersoise entra à cet instant dans la pièce.

Que disait-elle ? Quitter l'appartement, habiter une maison pour le reste de notre vie ?...

J'avais attendu, espéré ce moment-là mais n'avais rien provoqué pour l'amener à me faire cette proposition. Souhaitant être certain qu'elle m'aimait, je lui avais laissé l'entière liberté d'y venir seule - dans la mesure où l'attente de cette certitude n'était pas complètement vaine.

Je remis la carte postale dans le tiroir du bureau et me tournai vers la femme de ma vie : amoureuse, consentante et souple ; je n'avais pas attendu pour rien.

Un soleil généreux illuminait la pièce aux murs blancs. Des rues, nous parvenait un son joyeux ; celui de Fleurance qui se préparait à fêter son carnaval annuel.
Je souris, heureux.

DEUXIÈME PARTIE

J'avais rendez-vous avec Borges dans un café de la place Wilson. Jorge Luis Borges, inspecteur des volailles et lapins au marché de la rue Córdoba et écrivain argentin. Pour la bibliothèque idéale et universelle, bien sûr. Le projet me plaisait beaucoup et pour la dernière année du siècle, j'avais eu l'idée d'essayer. Cette initiative m'était venue, je ne sais pourquoi, en écoutant *A day in the life*, une chanson de John Lennon et Paul McCartney ; j'avais, ensuite, naturellement cherché à rencontrer Borges pour lui en parler, lui demander l'autorisation, l'accord du maître, le soutien moral indispensable pour une telle entreprise. J'avais obtenu ce rendez-vous avec une facilité déconcertante. Tout allait bien, et pourtant nous étions déjà au troisième jour de l'hiver, et à neuf courtes journées de la prochaine année ; le temps était compté.

Borges était vraiment un type extraordinaire, aussi simple qu'intelligent. Ses encouragements pour mon projet qui me paraissait encore insensé, m'allèrent droit au cœur. Il renforça mon intuition d'une réalisation possible ; tout devenait non pas facile mais lumineux.

- N'hésitez pas, me dit-il, personne ne le fera à votre place, vous ne risquez rien dans cette recherche dantesque. Peut-être même, qu'au bout de la route que vous vous fixerez, vous trouverez le vertige d'une superficialité, d'une vanité absolue, d'une faiblesse humaine, mais qu'importe, vous l'aurez fait, et vous en serez plus heureux. Quant à mon concept de bibliothèque exhaustive et cosmopolite, il ne m'appartient pas, je vous le prête avec une immense satisfaction. Continuez, au contraire.

C'était vraiment étonnant : une chanson des Beatles, une mélancolie rêveuse devant le temps qui passe, une association d'idées, une demande de rendez-vous avec un père spirituel, et tout se mettait en place, comme une locomotive sur des rails, une navette spatiale sur son orbite.

Je m'inquiétai pourtant :

- Serai-je à la hauteur ?

- Est-ce votre but ? me répondit Borges.

Non, naturellement, là n'était pas mon objectif. J'étais venu vers lui par admiration pour l'écrivain, mais aussi par honnêteté intellectuelle. Il en prit acte, mais me parla de liberté avec une telle insistance que je compris que l'essentiel était là. Le plaisir, aussi, à ne pas négliger. Je fermai les yeux et défila dans ma tête tout ce que j'avais envie de mettre dans ma bibliothèque universelle, mon CD-ROM avec mon propre ©.

- Ne perdez pas de temps, me conseilla Borges.

Il avait raison, je n'avais pas de temps à perdre. Pourtant, la notion de temps me semblait incontournable dans mon projet.

- Je vois, me dit Jorge. À mon avis, tu devrais (je propose que nous adoptions entre nous le tutoiement)

rédiger un journal. Au jour le jour, pendant la dernière année du siècle. Tous les jours, quelques mots.
- C'est génial, répondis-je.
- Merci. Travail de longue haleine, parfois fastidieux car il s'agit là de discipline, mais au bout du compte passionnant pour celui qui écrit.
- Et ceux qui liront ?
- Tes proches, ta femme, tes enfants, ta famille, tes frères et tes sœurs, tes amis, qui sais-je encore ? Quelle importance ?

ooo

J'avais créé le matin même un e-mail sur Internet, comme une bouteille à la mer. Pas un SOS, je n'en avais pas besoin, mais une curiosité légitime devant cette nouvelle forme de communication, qui d'ailleurs ne faisait pas l'unanimité chez les gens de lettres. Alors, je pouvais compléter ce dispositif par ce que me proposait Jorge. Je réalisais, certes, l'envergure de l'entreprise, mais l'idée des milliers de mots que je retrouverai un an plus tard m'amusait. Et en une année, j'allais avoir tout le loisir de passer en revue ce que je voyais, ce que j'aimais ou ce qui me hantait, un formidable patchwork intellectuel, cérébral et vivant. Humain aussi, en tout cas, je l'espérais ; mais je ne le saurais vraiment que douze mois plus tard.
Studieux néanmoins, j'interrogeai Jorge sur les règles du jeu : description du temps présent, souvenirs,

fantasmes, envies, négatif et positif, vérités et demi-teintes, etc. ; il me répondit qu'il n'en existait aucune, si ce n'était la liberté absolue de conscience, ce qui me convenait parfaitement. Tout était dit, il ne me restait plus qu'à écrire.

ooo

Revenu chez moi - plus exactement dans le studio que je possède, au centre de Toulouse, et qui me sert de lieu de création -, je repensai naturellement au projet initié par Jorge, et à la méthode que j'allais devoir employer pour le mettre en œuvre. À l'époque, fatigué et d'une santé fragile, j'étais à vrai dire un peu écrasé par l'ampleur de la tâche, même si fondamentalement l'idée me plaisait. Mais allais-je trouver quelque chose d'intéressant à écrire, tous les jours ? Et aurais-je le temps quotidien de me consacrer à une telle initiative ? Enfin, qu'allais-je trouver, au bout du compte ? Le néant, l'ennui, la vanité, la futilité ? Étonnant et périlleux miroir. Rongé par le doute, j'appelai Jorge sur son téléphone portable ; il écouta mes interrogations, puis m'annonça qu'il m'envoyait immédiatement du renfort.

Une heure plus tard, alors que j'étais en train de m'interroger sur la forme de cette œuvre (je n'avais, curieusement, jamais lu d'ouvrage dans ce genre littéraire ; sans références en la matière, je me demandais s'il fallait dater chaque page et j'avais du mal à imaginer comment présenter d'une façon attractive mes considérations jour après jour), la sonnette du studio retentit. J'ouvris la porte et découvris une sorte de ravissante Lara Croft, mais non virtuelle et à l'apparence fortement sud-américaine ; c'était une amie de Jorge, une superbe brune aux formes rebondies et aux yeux pétillants, qui m'annonça tout de go qu'elle venait m'aider, qu'elle se mettait à ma disposition pour prendre et agencer mes notes. L'argument était pertinent.

Ma coéquipière, prénommée Marina, était étudiante en lettres à l'université du Mirail ; elle commença par me parler du genre ; j'écoutai cette voix chaude m'expliquer, puis allumai mon ordinateur, ouvris l'encyclopédie Hachette Multimédia sur CD-ROM, et apportai sur ma page blanche du jour la définition du journal : « La volonté de creuser en soi-même à perte de vue, au jour le jour, est à l'origine du désir de noter ses visions les plus intimes et les plus profondes dans un dépouillement narratif extrême, de fixer les incidents de la vie quotidienne, ou encore de révéler, sans se soucier du lecteur, les multiples aspects de son propre mystère intérieur.

On sait en effet que de nombreuses personnes, notamment des adolescents et des vieillards, tiennent un journal intime sans se considérer aucunement comme des écrivains ; il arrive que ce journal ait une valeur littéraire, comme c'est le cas pour le Journal de Samuel Pepys, écrit en code, déchiffré et publié en 1825

[…]. Le romantisme devait provoquer ce développement du journal intime, par son goût de l'analyse et par la conception esthétique de l'existence, faite de jouissances sublimes et de subtiles souffrances […]. »

« Le journal permet d'approcher les labyrinthes de l'esprit que seule l'écriture, semble-t-il, peut « hanter ». C'est elle qui, dans le Journal de Gide et dans le Journal du séducteur de Kierkegaard, hante véritablement aussi bien les idées obsédantes, les désirs et les peurs maniaques, les élans mystiques, les adhésions impétueuses, que les éléments d'un conflit esthétique et religieux. »

« Le journal constitue, par ailleurs, un document qui nous livre la chronique d'une époque […]. Le journal est aussi pour certains écrivains la forme qui, par sa souplesse, est la plus proche de leur nature réflexive ou indispensable à leur refus d'affection ou d'hypocrisie, à leur besoin d'approfondir une expérience intime. Il est enfin un constat : l'affirmation d'une existence spirituelle, en proie à ses fantasmes. Ainsi Kafka, dans son Journal intime, écrit : « Tout ce qui ne se rapporte pas à la littérature, je le hais ; les conversations m'ennuient, les visites m'ennuient à mort : elles privent tout ce à quoi je pense de son importance, de son sérieux, de sa vérité. »

Le journal a donné naissance à une forme à peine plus élaborée : *Les Essais* de Montaigne, *Les Pensées* de Pascal, l'œuvre de Nietzsche écrite sous le signe du

« fragment ». Il faut aussi retenir les carnets de peintres tels que Léonard de Vinci, Delacroix, Klee, de philosophes tels que Maine de Biran. »

« Souvenirs d'un état d'âme particulier ou visions intérieures, préoccupations de la connaissance et maîtrise du savoir, impressions ou notations d'ordre personnel, méditations ou réflexions fulgurantes d'une âme révoltée (Journaux intimes de Baudelaire), ce genre reflète les moments les plus saillants et les plus significatifs d'une existence spirituelle. »

« Certains romans ou récits ont adopté la forme d'un journal imaginaire (Gogol, Mirbeau, Rilke, Defoe, Bernanos), tandis que dans son *Journal du voleur*, Jean Genet narre et analyse certains épisodes de sa vie que marquèrent les fastes de l'abjection. Quant au Journal d'un écrivain de Dostoïevski, c'est un recueil d'articles de journaux et de textes politiques. »

Marina lisait le texte sur mon écran en même temps que moi ; son opulente poitrine touchait mon épaule et la sensation était très agréable.

- Il est évident, me dit-elle, que l'exercice est difficile. Mais tout est possible.

- Oui, répondis-je. Cependant, le mot que je retiens de cette définition est celui de vieillard. Cela m'inquiète, je n'en suis pas un ! Bilan, testament... Même pas philosophique. Cela me fait penser à la réflexion que m'a faite, hier, un type qui ne m'aime pas : « Pour qui te prends-tu ? ». Bonne leçon de modestie.

- Tu accordes trop d'importance à des avis négatifs secondaires. On ne peut pas plaire à tout le monde, ne perdons pas de temps avec cela. Moi, je te trouve très sympathique, et ce projet m'amuse énormément. Donc, je te propose de nous voir souvent et régulièrement pour ordonner tes réflexions quotidiennes.
- Oui, Madame la directrice. Mais alors, ce sera notre journal.
- Jorge m'avait bien dit que tu aimais les femmes.

Vendredi

Tous les jours, donc.
Cet après-midi, fatigue due à un bon réveillon de Noël. Du courrier, un message sur mon e-mail, bonne année 1999, de la part d'un vieil ami, une revue de presse en attente, une soirée amicale à raconter. Fatigue, donc tout cela reporté. Le journal est impeccable pour un mémo. Interrogation hier sur le respect de la vie privée, avec tous ces outils informatiques branchés sur tous les réseaux communicants. Quelle importance ? Une autre pensée pour les 400 000 personnes sans abri en France, c'est beaucoup trop. Aucun rapport, mais la forme me l'autorise.

À demain.

Samedi

Les courses avec ma fille, pour le réveillon, après avoir vu *Mulan*, de Walt Disney, au cinéma Gaumont de Labège. Ma femme se repose à la maison en gardant mes fils. Un monde fou dans les rayons. Quelques jolies femmes au passage. Quel dommage de ne pouvoir les aimer toutes. Juliette m'a envoyé ma numérologie, c'est-à-dire une étude de caractère à partir de ma date de naissance. Je suis sceptique à l'égard du procédé, mais content de l'attention dont elle a fait preuve à mon égard, et amusé par le descriptif qu'elle dresse de ma personne. À relire pendant les longues soirées d'hiver ; et répondre à Juliette, aussi.

Dimanche

3 janvier 1999. Je me promets de relire, cette année, l'œuvre d'Albert Camus.
L'une de mes principales références, en réalité.
Je m'ennuie. Ce matin, en me levant, je me suis efforcé de voir dans l'air du temps, le ciel et le jardin, un air de printemps. Le besoin de soleil est impératif. Il existe ainsi des gens dont l'humeur dépend étroitement de la météorologie.
Trois amies m'ont téléphoné pour me souhaiter une bonne année. J'ai posté une cinquantaine de cartes de vœux. Rituel.

La soirée du réveillon fut gauloise, plus précisément gasconne et fleurantine. Populaire, dans un café de la place de la République. Foule joyeuse et animée, le patron du bar qui verse de l'essence de briquet sur son comptoir et l'enflamme, sous les hurlements de la foule, au son de l'une des dernières chansons de Johnny Hallyday, *Allumer le feu*, naturellement. Quelqu'un crie que le pape est mort.

Vincent boit pour oublier sa déconvenue amoureuse, Anatole tente de séduire Juliette (une autre, pas celle de la numérologie), François et Jean dansent ; les filles - à part Juliette - ont l'air de s'ennuyer un peu, elles vont faire un tour. Vincent semble ivre, je le retiens alors qu'il trébuche. C'est la vie.

Je sors prendre l'air ; la place est illuminée, il fait un temps très doux pour une fin d'année. Je regarde avec plaisir Fleurance fêter le réveillon. Anatole me rejoint pour se détendre, nous discutons un peu avec un jeune de Brugnens. Juliette sort à son tour du café, elle s'approche de nous. Elle m'a dit que j'étais pénible ; c'est possible. Anatole frétille ; je me demande s'il va parvenir à la séduire, et ce que veut vraiment cette fille. Elle est âgée, me dit-elle, de trente-deux ans. Elle a du charme et elle est sympathique. Nous la reverrons. Elle me prend visiblement pour un séducteur, comme Christine d'ailleurs qui, l'autre jour, confia à Anatole qu'elle ne me « sentait » pas car j'étais un dragueur. Aurais-je donc un problème d'image avec la gent féminine ces jours-ci ? Je me regarderai dans la glace, c'est promis, puis je ferai un effort pour être indifférent. Dimanche 3 janvier, je m'ennuie ; j'écris ; j'ai lancé *The Wall*, de Pink Floyd, sur la platine laser. Un de mes fils me regarde en souriant, puis se met à danser. Je prépare la tasse de café de ma femme.

Hier, au téléphone, Vincent m'a dit que Juliette l'avait appelé pour prendre de ses nouvelles. Elle s'inquiétait car elle l'avait trouvé malheureux et mal en point le soir du réveillon. Évidemment, je lui avais dit qu'il était amoureux d'elle. Son appel est une bonne nouvelle. J'ai vivement encouragé mon ami à garder espoir ; cela fait vivre. Tout ceci est un peu agaçant et vain, mais que faire d'autre ?

J'envoie des e-mails via Internet, consulte le site du Monde des Livres ; je récupère et j'imprime un feuilleton de Pierre Lepape (Droits de reproduction et de diffusion réservés - © Le Monde 1998). Il est dommage qu'Internet soit si onéreux, l'idée est bonne. Laurent Fabius, le président de l'Assemblée Nationale, soutient le combat des Internautes pour une baisse des tarifs... Ce serait intéressant.

Je me demande si mon projet de maison d'édition et de librairie virtuelles va marcher. Le copain qui s'en charge fait défiler son logiciel d'installation sur son écran, je lui ai préparé la liste des rubriques à mettre sur le site. Nous verrons bien.

Je propose à ma femme d'aller nous promener au marché saint Sernin ; nous partons en voiture, mais sur les boulevards toulousains, le plus jeune de mes fils se

met à vomir ; l'odeur est épouvantable et nous décidons d'abréger notre balade pour rentrer immédiatement à la maison. Les joies de la famille.
Good bye, blue sky, chantent les Pink Floyd.

Mercredi

Bien. Néant. Hormis un temps superbe, un beau soleil toulousain. La télévision en bruit de fond. Canal + qui capte l'attention.
Il y a trois jours, à l'hypermarché, tandis que nous faisions la queue à la caisse, ma femme, mes fils et moi, pour régler nos quelques achats, un couple de quinquagénaires nous a bousculés avec son chariot rempli à ras bord et est passé devant nous. J'ai alors pensé à ce reportage télévisé sur la première baignade de l'année dans une ville du sud de la France, des gens joyeux en maillot de bain, qui plongeaient dans l'eau froide puis se réchauffaient d'un vin chaud ; toutes ces personnes qui s'amusaient avaient les cheveux blancs.
Société gériatrique ; égoïste.
J'avance dans la lecture du livre de Camus, le dernier manuscrit sur lequel il travaillait avant de mourir. C'est à la fois bouillonnant et touchant.

ooo

La vie à cent à l'heure, pourquoi pas ? Il faudrait que je relise ce qu'en écrit Juliette dans sa numérologie. En tout cas, l'une des conséquences immédiates : la fatigue. Je prends ma voiture, direction la rocade vers l'entrée de l'autoroute. Les voies asphaltées s'ouvrent devant moi. J'accélère.

Dimanche

Tout le monde va bien. Anatole a invité Juliette à dîner et a rendez-vous mardi soir avec elle. Vincent n'a pas l'air trop jaloux. Nous sommes avec les Entraîneurs, le Comité des Fêtes de Brugnens, qui nous convie à dîner à Fleurance, avant le bal. Nous proposons à la serveuse du restaurant de nous rejoindre à la salle des fêtes après son service (elle accepte, mais en fait elle ne viendra pas). Les gens sont sympathiques et simples.
Christine, plus aimable que la dernière fois, me parle de ses problèmes d'emploi. Elle envisage d'émigrer au Québec.
C'est l'hiver, pluie, vent et froid. Je repars dans la nuit pour Toulouse, je roule lentement. Je suis un déraciné... et enrhumé.
Le lendemain, au téléphone, Anatole me dit que les gendarmes sont passés à la salle des fêtes pour vérifier que la situation était calme, et que la soirée s'était terminée à l'heure légale. Jean-Paul, de son côté, m'affirme qu'il a plusieurs pistes pour la maison que je recherche.
Juliette m'appelle aussi ; elle n'a pas encore commencé la lecture des premières pages du manuscrit *La dernière*

année du siècle, car elle est en train de réaliser deux autres études numérologiques. Tant pis.

J'ai commencé à relire un livre de Philippe Djian, que j'aime bien. Et pour finir la soirée, je danse avec ma femme sur un disque de Lou Reed.

Mardi

Le facteur m'explique qu'en raison de la neige tombée sur Paris, la distribution du *Monde* est perturbée ; donc, aujourd'hui, pas de journal.

Les vœux d'une amie. Après-midi bricolage : je monte le lit de mon dernier fils ; il dormira sur un grand matelas et je rangerai le petit.

Je suis malade, une gastro-entérite. Je bricole dans ma maison et les heures s'égrènent lentement. Quelques coups de téléphone ; Anatole a passé la soirée avec Juliette, en toute amitié, sans plus. Il fanfaronne mais je le sens un peu déçu. Elle lui a parlé de moi, elle me trouve trop direct, trop franc ; tant pis.

Le temps est un peu triste, hivernal ; mais il fait moins froid et il n'a pas neigé à Toulouse. Ce qui me fascine dans la maladie, c'est l'impression d'humilité et d'inutilité qui en découle : la vie continue, les gens continuent leurs activités, sans vous. Grain de sable.

Hier soir, j'ai discuté avec mon amie Juliette (celle de la numérologie) ; elle m'a confié qu'elle avait entamé son propre journal ; mais très pudique elle refuse de me le faire lire. Je ne suis pas suffisamment pudique, peut-

être. Le mien l'intéresse, elle m'encourage à continuer et à lui en donner les pages au fur et à mesure. Je me demande ce qu'elle en pense vraiment ; elle me parle du début de mon texte, s'interroge sur ce que je vais mettre dans cette bibliothèque idéale ; est-elle sincère ? Elle est légèrement sur la défensive, c'était prévisible puisqu'elle me lit dans ce genre introspectif qui laisse fort peu de zones d'ombre, mais je tiens à son amitié et ne veux pas que cet exercice crée une distance entre nous. Je verrai bien. Après tout, comment peut-elle savoir si, dans ce journal, je dis la vérité ou joue une part de comédie ? Qui est vraiment le personnage qui parle dans ces pages ?
J'aperçois M., toujours aussi jolie. Je crois que je suis vraiment en train de tomber amoureux d'elle. C'est un peu idiot, au fond.

Mercredi

Voilà : Anatole est sorti avec Juliette. Je suis content pour mon copain. Un peu jaloux, aussi, mais sans excès ; mon cœur est déjà pris et je suis un ami sincère. L'amitié et l'amour ont, au bout du compte, une grande place dans ma vie ; ce n'est guère original mais plutôt positif. Ce qui m'inquiète davantage, ce sont ces aigreurs, d'estomac et de caractère, contre lesquelles je dois lutter avec énergie.
C'est encore l'hiver, la nuit arrive rapidement. Je lis une publicité pour un abonnement mensuel sur Internet. Je

suis fatigué, j'ai très mal dormi, mon plus jeune fils a beaucoup pleuré lors de la nuit précédente, et j'ai trouvé la journée longue. Journée de travail. J'ai été réélu Président de l'Amicale de mon bureau, ce qui doit être confirmé lors de l'assemblée générale.

Nicotine Queen, toujours la cigarette au bec. J'ai du mal à imaginer que je vais avoir quarante ans dans moins de trois ans. Ce n'est pas l'une des meilleures périodes de mon existence. Le soleil a brillé toute la journée ; je suis très sensible à la météorologie ; je songe à Jacques Prévert, à son recueil de poèmes intitulé *La pluie et le beau temps*.

De l'utilité d'un journal, pour mesurer quotidiennement l'ennui ; ce que l'on dit et ce que l'on tait. Sa nécessaire dimension intimiste... Je ne vais tout de même pas commenter les grands événements contemporains du haut de mon Macintosh Performa !

Marina doit prochainement venir me voir. Nous reparlerons de ce projet insensé.

Dimanche

Journée de samedi : bof. J'ai couru pour finalement tourner en rond. Heures inutiles. Dimanche matin, la radio annonce l'arrivée de la neige sur la France ; je suis mal réveillé, mais cette information me fait plaisir.

J'écoute souvent la radio, sauf les publicités qui m'exaspèrent et les chanteurs que je n'apprécie pas ; dans ces cas-là, je « zappe ».

J'ai reçu par fax les conditions générales d'abonnement à Internet (premier mois gratuit ; six mois de connexion minimum).
L'un de mes fils me voit passer dans le salon où il est en train de regarder un dessin animé à la télévision, et me dit : « salut ! ».
Hier soir, j'ai lu un roman policier que j'avais téléchargé sur Internet : bien écrit, le texte avait quelque chose d'original et de plaisant, prometteur ; ce fut le meilleur moment de mon samedi.

Lundi

J'entends tambouriner à la fenêtre du studio : c'est Marina ; j'ouvre et elle entre dans la pièce.
Marina doit à ses origines sud-américaines d'être une femme oiseau ; pour se déplacer elle peut voler dans les cieux, c'est un ange.
Je lui souris et lui offre un café, qu'elle accepte. La présence de cette jolie femme me fait chaud au cœur. Je savoure avec délicatesse ce physique de brune ardente ; en ce moment, je suis attiré par les brunes - probablement en raison, quelque part, de mon amour pour M., qui est brune.
Marina boit doucement sa tasse de café, se détend et s'installe, prend possession de mon univers toulousain réservé à la création ; elle commence à lire les pages que j'ai rédigées depuis notre dernière rencontre, m'annonce qu'elle me donnera son avis plus tard, et me

propose de sortir pour aller danser. Naturellement, j'accepte.

Mardi

Le tango est argentin.
- Je suppose que tu ne le pratiques pas, m'a dit Marine.

Lambada, plutôt.
Le lendemain, gueule de bois ; je lance une compilation des Rolling Stones, pour l'énergie.
Elle m'a aussi dit qu'elle aimait ce que j'écrivais. Cela m'a fait plaisir mais je pense surtout à tout ce que je n'ai pas le temps d'inscrire et qui pourtant me semble important. J'ai pu lire les trois critiques sur la nouvelle que j'avais envoyée l'année dernière à un concours littéraire ; les deux lecteurs ont aimé, pas la lectrice qui a résumé mon texte par *relation extraconjugale*. J'ai senti là sa plume un peu réprobatrice, ce dont je n'ai que faire. Je suis épuisé. Pourquoi ? Stress, surmenage. Je rêve de longues vacances dans une jolie petite maison de la campagne gersoise. Pourtant, j'ai plaisir à déambuler dans les rues de Toulouse, ville que j'adore mais dont je ne profite pas, faute de temps. Le temps... toujours le même problème.
Réflexion de mon directeur (car j'ai un directeur, dans mon travail) :
- Contrairement à ce que vous pensez, vous n'êtes plus jeune.

Je suis souvent entouré de jeunes ; pas uniquement il est vrai, je construis aussi des projets avec des gens beaucoup plus âgés. Mais il est indéniable que mon premier cercle est composé de personnes ayant moins de trente-cinq ans.

Juliette - qui sort maintenant vraiment avec Anatole ; ils semblent presque s'aimer et parlent même d'enfants ! - a déclaré à mon ami, son amant, que notre groupe de copains était immature, ce qui n'était pas désagréable d'ailleurs. Elle m'a dit aussi que j'étais juif, comme si c'était ma caractéristique immédiate ; je n'ai pas répondu, sinon par un sourire.

J'ai la nostalgie de la forme physique, sur laquelle j'ai pu compter pendant les trente premières années de mon existence.

Portraits de passantes : Fatima m'a offert deux jolis stylos Waterman. C'est, pour elle, un effort financier, et surtout une attention inattendue, délicate et attendrissante, qui me touche profondément.

Je ne sais comment répondre ; en restant le même avec elle ?

Suzie continue à courir. Je voudrais l'aider davantage, comment faire ?

Anne est souveraine, discrète, belle et réconfortante. Je la considère comme une amie, au sens intéressant où un homme et une femme peuvent partager une amitié.

Mon épouse est en forme, même si nos enfants lui prennent tout son temps et son énergie.

Diane se débat avec ses problèmes familiaux, mais fait face avec courage et volonté. Je l'admire.

Juliette (la mienne, pas celle d'Anatole) est toujours aussi révoltée. Je me permets quelques conseils.

J'en oublie certainement. Par contre, je suis hanté par une publicité, une affiche à l'entrée d'une station-service sur mon trajet quotidien, une brune et jolie jeune femme qui sourit. Elle me fait immanquablement songer à M., femme idéalisée et peut-être inaccessible (?) ; la semaine dernière, elle m'a confié « qu'il ne fallait pas la bousculer ». Je m'interroge.

Samedi

Ouf. Fin de semaine. Ai vu des donneurs de leçons ; et aussi, des gens qui ont des projets pour moi, qui m'annoncent qu'ils vont, pour les prochains mois « me mettre la pression » ; rentabilité oblige.

Parfait, superbe programme ! Merci pour tout, la vie est belle. Profitez de la situation, Messieurs, vous avez bien raison.

Le chat miaule pour entrer dans la maison, je lui ouvre la fenêtre.

Leçons de morale, ordre moral ; travaillons pour rembourser nos crédits bancaires... Nous avons la chance de pouvoir en disposer ! Tout ceci est génial (au sens contemporain du terme). Morale féminine (mais pas exclusivement) : un homme marié a-t-il le droit d'avoir une maîtresse ? Quel ennui. J'ai gagné.

Un, deux, marchons au pas.
Protection de la vie privée, version paranoïaque : tout est surveillé, rien n'échappe au Big Brother électronique. Rendez compte. Ne dites plus rien. Pour vivre heureux, vivez caché ; mais où ? Hypocrisie et régression généralisées. Je ne suis même pas en colère. Grâce à mes amis et mon amour pour M.
Un petit coin de parapluie contre un coin de paradis, je ne perdais pas au change, pardi.

ooo

J'appelle Juliette, mû par une brutale inquiétude sur la perception qu'elle a des pages de mon journal que je lui donne à lire jour après jour. Je devine tout de suite au ton de sa voix qu'elle est à mille lieues de mon angoisse. D'ailleurs elle n'a même pas eu le temps de découvrir ma dernière livraison.
Le temps : elle s'interroge justement sur la façon dont je procède pour pouvoir écrire ainsi, alors que je suis notoirement quelqu'un de très actif, voire surmené. Je ne peux pas lui expliquer les particularités de la configuration de mon cerveau, mes études littéraires qui m'ont donné cette passion de l'écriture, ma mémoire qui me permet de travailler dans un coin sur le bout de texte que je vais ensuite rédiger à toute allure sur le clavier de mon ordinateur. En outre, tout ceci n'est pas seulement technique : il y faut du sentiment, Madame, une force et un élan qui te poussent en avant,

une motivation permanente qui crée une petite musique sans fin. La technique, c'est pour l'harmonie de l'ensemble. Pour le reste, il suffit de suivre le fil de mes pensées, animées par mon amour pour M.
Je sens que Juliette ne comprend pas le sens de mon appel téléphonique ; c'est vrai, je suis fort, pourquoi aurais-je besoin d'être rassuré ? Et puis, elle n'a pas que cela à faire, il suffit que je me reporte à son étude numérologique.

Dimanche

Escale « CHATON » : Elle m'a regardé d'un air pathétique... Je savais qu'elle allait mourir. En trois jours, j'avais eu le temps de m'attacher à cette petite chatte noire et blanche que j'avais adoptée à la SPA toulousaine. J'étais triste, presque choqué, par cette mort inéluctable. Le vétérinaire de Saint-Orens a fait preuve de beaucoup de tact en me proposant de la garder avec lui, et tenter de la sauver pendant la nuit. Mais je ne me faisais aucune illusion. En sortant de la clinique animalière, j'ai marché d'un pas lent, désabusé et en même temps révolté.

ooo

La première fois que M. écarta ses jolies cuisses pour m'offrir son ventre, je fus profondément heureux. Il ne s'agissait pas seulement de la satisfaction d'un désir

sexuel. C'était la victoire d'un sentiment amoureux.
M. me regarda droit dans les yeux. Elle partageait ma joie et son désir rejoignait le mien. Nous avions tous les deux entamé une grande et longue aventure. J'avais mis plusieurs mois à la séduire, mais je ne le regrettais pas. Elle était si belle !

ooo

La facture du vétérinaire était arrivée. Consultations et médicaments divers : un total de quatre cents francs, « pour une petite chatte ». Une petite chatte que j'avais vainement essayé de sauver. J'allais laisser passer quelques jours, puis adopter un nouveau chaton. Mais je me souviendrais de l'événement, de mes efforts « pour une petite chatte ». Comparé à un enfant, un chat n'est rien, bien sûr ; mais cette agonie m'avait marqué.
Fatigué, donc plus sensible, je gardais en mémoire ce chaton affaibli que je portais dans mes bras.

ooo

Au fond, que pouvait véritablement m'apporter cette relation amoureuse avec M. ? Nous étions mariés tous les deux, heureux en famille... Notre amour ne faisait que compliquer les choses. C'était en tout cas ce que m'expliquaient mes amis : tout ceci était inutile. Et pourtant, je l'aimais, elle m'aimait et tout se passait parfaitement bien. Il aurait fallu expliquer à quel point M. était belle, gracieuse, adorable, gentille et vivante, ambitieuse, stimulante et agréable ; oui, vraiment jolie. J'avais toujours envie de parler d'elle avec beaucoup de gentillesse. Quant à l'avenir possible de notre liaison, nous avions beaucoup de temps devant nous, et les projets les plus pharaoniques allaient certainement se réaliser.

Tant pis pour la vie de tous les jours ! M. et moi volions très haut.

C'est une femme qui a besoin de câlins. Non pas une femme enfant, car elle a un drôle de caractère, sait ce qu'elle veut et avance très bien toute seule.

Mais l'homme qu'elle aime compte énormément à ses yeux, en tout cas c'est l'impression qu'elle sait donner. Comme une vraie garce, ce qu'elle n'est pas car elle a beaucoup de cœur. C'est, entre autres, une des raisons pour laquelle je l'aime.

Où allons-nous, tous les deux ? Je n'en ai aucune idée, mais après tout, cela n'a guère d'importance. J'ai simplement envie que cette situation se prolonge le plus possible. Je suis vraiment amoureux.

- Tu te poses trop de questions, me dit-elle. C'est bien, un point c'est tout.
- J'aime t'embrasser.
- Moi aussi.

ooo

LA RUSE DE LA PASSION : M. est très belle, j'adore son corps, faire l'amour avec elle. Et comme nous ne sommes pas entièrement disponibles, elle comme moi, nous ne vivons que le meilleur. La situation idéale. Telle est la vérité. Je ne me souviens plus exactement comment nous avons commencé à nous aimer, mais cela n'a pas beaucoup d'importance. L'histoire que nous allons vivre ensemble, appuyés sur notre amour, a une valeur bien plus grande qu'une explication ou une justification.

Lundi

Je me suis réveillé en pleine nuit, le doute étant trop fort : mon amour pour M. a-t-il un sens ? Certes, mes sentiments sont nobles, et nous avons fait en sorte que notre passion ne produise aucun dégât dans nos vies respectives. Où est le problème, alors ? Les limites de la passion. M. est plus jeune que moi, plus belle, plus douce, elle m'apporte énormément ; mais moi, que suis-je à ses yeux ? Le doute me ronge, je n'arrive plus à voir la suite. J'ai besoin d'un signe. Écris-moi.
Elle m'envoie une carte postale :
Nous avons le temps. Je t'aime. M.

Mardi

La laborantine tape sur son clavier une série de codes, qui s'inscrivent sur l'écran de son ordinateur ; puis elle entoure mon bras d'un caoutchouc et pique ma peau avec l'aiguille de sa seringue ; les codes correspondent aux types d'analyses que mon sang va permettre d'effectuer. La jeune femme est sympathique, elle m'offre un café, que je bois tranquillement devant l'entrée de son laboratoire, avant de reprendre ma voiture et d'accélérer.

La question que je me pose, pendant ce laps de temps consacré au repos et à ma santé, est ma relation à une éventuelle maladie : mourir ou survivre ?

Le temps gris et hivernal, le vent froid et bruyant qui souffle ne me rendent pas très positif. En plus, je m'ennuie.

ooo

731 106,39 francs (soit approximativement 110 773,69 euros), tel est le montant que je dois à la banque pour rembourser mes dettes. Ce chiffre, naturellement, me déprime énormément, et je le soupçonne de ne pas être étranger à mes maux de ventre. Que faire ? Payer, en continuant à travailler comme une laborieuse petite fourmi. La sélection par l'argent est telle que je vais devoir pour ce motif renoncer à beaucoup de choses auxquelles je tiens. Je vois poindre devant moi un ascétisme rigoureux, un repli obligé. Mais après tout, suis-je bien nécessaire ? Lorsque je reste seul, souffrant et alité, cela ne dérange personne, la vie continue comme si de rien n'était. Un

brin d'herbe coupé ne défigure point la pelouse, dit le proverbe. Si j'ai perdu à cause de l'argent, c'est le destin. Ou alors, j'ai mal géré mon capital, je m'y suis mal pris. Tant pis pour moi. Je vais ramer pour faire vivre ma famille - trois enfants, tout de même ! La vie sociale n'est pas indispensable. Le spectacle est terminé, on ferme le rideau. Je vais en souffrir, certes, mais après tout je ne l'ai pas volé, je suis responsable. Et qui regrettera de ne plus me voir ? La solitude a d'excellents côtés ; elle est favorable, en tout cas, à l'introspection que je mène dans ce magnifique journal, le tombeau de mon existence.
Épitaphe pour un con.

Mercredi

Hier, j'ai vu M. ; elle va bien. Elle m'a annoncé que son mari voulait un enfant. Je l'ai encouragée dans cette voie constructive.

Samedi

J'ai mis trois jours à encaisser. Pendant ce temps, j'ai bidouillé sur mon ordinateur en essayant d'installer un logiciel de connexion sur Internet.
J'ai reçu celui de France Telecom, et le lendemain - sans l'avoir commandé -, celui d'une société américaine. Pour l'instant, aucun des deux ne fonctionne, malgré mes appels téléphoniques aux services techniques ;

cette situation commence à m'agacer. Soit je suis particulièrement inculte en informatique, soit il y a un problème quelque part.
Je suis heureux pour M. mais il est évident que cette situation nouvelle ne m'arrange pas.
Je repense à ce journal ; son avantage est de camoufler ma régression intellectuelle, due au manque de temps à consacrer à l'écriture, et au dépérissement de mes neurones. Dois-je noter l'air du temps, donner une dimension autobiographique ? Que faire de ce journal ?
Il faudra que j'en parle sérieusement à Juliette.
Anatole m'a téléphoné pendant trente et une minutes pour me raconter l'état de sa relation amoureuse, qui semble fort satisfaisante. Je m'en réjouis pour mon vieil ami, même si mon compagnon de virée perd une bonne partie de sa liberté.
Après trois jours d'un temps hivernal, le soleil est revenu. J'ai beaucoup de travail, et les projets de M. m'enlèvent beaucoup d'espoir quant au bonheur qu'offriront les prochains jours. Dans ma boîte aux lettres, un prospectus pour une secte débile.
Ces derniers jours, je suis aussi allé voir des banquiers afin d'essayer de trouver une solution à mes difficultés financières. Mon épouse en a également rencontré un ; une femme, qui s'est permis de lui tenir des propos désobligeants à mon égard !
Cette corporation a décidément beaucoup de pouvoirs de nos jours, ce qui semble l'autoriser à dire tout et n'importe quoi.

Je réglerai la situation, ne serait-ce qu'en raison de mes obligations familiales ; mais quelque part, je m'en moque, je n'aime pas ce système. Il est évident que, comme pour les logiciels d'installation d'Internet, il existe un problème quelque part, une faille exploitée ; malveillance ? Je ne crois pas uniquement à mes propres erreurs.

Mais nous vivons dans un monde où la loi du plus fort a progressé, il faut donc faire avec. En attendant, je dois bien me débrouiller. Les projets de M. dans cette perspective me privent d'un soutien précieux. La dernière fois que je l'ai vue, c'était en coup de vent ; je l'ai surnommée *courant d'air* ; elle a paru vraiment peinée de cette expression, alors que je voulais simplement lui dire que je ne la voyais pas suffisamment, qu'elle me manquait. Je regrette ce malentendu entre amoureux.

Aujourd'hui, je suis désabusé et fatigué, c'est indéniable, mais à quoi bon courber l'échine, « se coucher et gémir » comme dirait Cioran (que je n'ai pas lu).

Les résultats de mes analyses sanguines sont bons, je n'ai rien de grave. De toute façon, je suis toujours amoureux de M., et malgré ma déception, l'essentiel est sauf. Quant à ces lignes, seule Juliette les lit. C'est rassurant.

Je tente une dernière fois de me connecter sur Internet : en vain. Je n'ai donc pas le droit à cet outil de communication, qu'on se le dise. Ce n'est pas grave, je ferai ainsi des économies de facturation téléphonique, et j'ai énormément de choses à lire et à écrire. Je me demande simplement si j'ai le droit de continuer à me dévaloriser à cause de l'argent.

J'ai lu que l'espèce humaine descendrait d'une salamandre (emblème de Sarlat, en Dordogne) ; et d'après un sondage, les femmes s'estiment plus intelligentes que les hommes. Quelle duplicité !

Oyez, oyez, bonnes gens : le nouveau livre de Patrick Modiano sort mardi prochain ! C'est une bonne nouvelle.

Mardi

Allongée nue à mes côtés, Marina lisait attentivement ma prose. Nous avions fait l'amour toute la nuit et à vrai dire, je pensais que ce n'était peut-être pas le meilleur moment pour une séance de critique littéraire ; j'aurais préféré emmener ma maîtresse dans un café de la place du Capitole, pour un petit-déjeuner vivifiant au soleil du matin. Mais ma jeune amie en avait décidé autrement. Je ne pouvais donc que m'incliner devant cette charmante volonté.

- Pourquoi cette omniprésence des femmes ? me demanda-t-elle.
- Je ne sais pas, répondis-je. Un manque, sans doute. Tu sais, l'écriture et le désir sexuel sont étonnamment proches.
- Bien sûr, mais tu ne peux donc pas véritablement apprécier une femme sans l'aimer physiquement ?

D'autant plus que, contrairement à ce que tu affirmes, tu es entouré de femmes.
- Ce n'est pas systématique. Je ne me suis jamais véritablement posé la question. Je crois plutôt que, dans mes textes, vit une femme principale ; c'est davantage un idéal qu'une obsession.
- Alors, nous t'avons toujours déçu ?
- Oh non ! Que ferais-je sans vous ? En outre, pour répondre à ta question, j'ai de nombreuses amies, avec lesquelles je n'ai jamais eu de relations sexuelles. J'aime la compagnie des femmes, ce n'est guère original pour un homme.
- Oui, mais moi je persiste à penser que tu es content quand tu deviens leur amant.
- C'est flatteur et agréable. Mais cela n'a rien à voir avec l'amour.
- Comme M., par exemple ?
- Tout à fait. Elle, c'est une autre dimension, un désir plus complet et plus exhaustif. Un sentiment profond et durable, qui modifie ma conduite et mes choix. Beaucoup de tendresse, également, et des rêves.
- Tu vas me rendre jalouse !
- Tu sais bien que non. Mais je ne veux pas être un mufle, nous pourrions ne pas parler d'elle alors que nous venons de faire l'amour.
- Tu ne penses qu'à cette femme ! Comme si, en plus de ta vie d'homme bien remplie, tu conservais un espace sacré qui lui serait réservé. Je n'arrive pas à trouver cette situation immorale. Mais j'imagine qu'après elle,

tu en aimeras d'autres ; comme un simple Don Juan.

Je ne répondis rien à ce pronostic. J'étais bien incapable de me projeter au-delà de M. ; quant à savoir si je mettais trop de sexe et de désir dans mes écrits, c'était une interrogation qui ne me passionnait guère. Je savais que notre époque était devenue plus prude, mais je n'allais tout de même pas tricher avec ma libido par démagogie et conformisme. Ce qui était intéressant cependant, dans la remarque de Marina, c'était le narcissisme orgueilleux que pouvait faire apparaître, à la lecture de mes pages, ce défilé de dames ; car là n'était pas mon objectif, tant s'en fallait. C'était poser en fait le problème de la nature de mon exercice scriptural : je parlais de moi, ce qui, honnêtement, pouvait n'avoir qu'une importance relative alors qu'il se passait beaucoup de choses remarquables sur la planète. Cela étant, je n'étais pas journaliste ni Victor Hugo, Balzac ou l'un de ces écrivains qui rédigent des livres.
J'étais ce que je suis. Comme cet acteur, tiens !... Charles Denner, dans le film de François Truffaut, *L'homme qui aimait les femmes*. Voilà ! Denner ; pas Mozart, et encore moins Gérard Depardieu dans *Astérix et Obélix*.
Je suis désolé pour la postérité. Je trouve Charles Denner tout à fait sympathique, j'aime beaucoup les films de Truffaut, ainsi que ceux de Woody Allen et Federico Fellini. J'ai des goûts simples, assez normalisés, et je me débrouille avec.

Me voyant boudeur, Marina me proposa un café et des croissants sur la place du Capitole.

Dimanche

J'étais têtu, aussi étais-je enfin parvenu à m'abonner à Internet. Et maintenant ?

Le Droit. J'ai inscrit ces deux derniers mots le 2 février, nous sommes aujourd'hui le 7. Le temps passe vraiment trop vite. Je suis débordé. Le droit, pour me faire penser à écrire les trois ou quatre pages auxquelles j'avais réfléchi un soir, avant de m'endormir ; grosso modo, un passage consacré à mes études en faculté de droit à Paris. J'en reparlerai plus tard.
Depuis le 2, j'ai surfé sur Internet ; c'est lent et c'est cher, ce n'est pas vraiment au point. Il est souvent impossible de faire fonctionner un logiciel téléchargé, mes contacts avec des maisons d'édition électronique parisiennes sont un peu décevants (ils doivent être débordés, eux aussi), et je ne parviens pas à télécharger mon site Web, alors que je suis scrupuleusement les instructions de l'opérateur.
Je n'ai pas réussi non plus à trouver un site de dialogue. Pourtant j'aurais bien aimé discuter avec un Américain, un Chinois ou un Toulousain. Les sites intéressants que je voudrais consulter (Charlélie Couture, Woody Allen, etc.) sont lents ou introuvables. Malgré tout, je reste passionné par cet outil - comme, paraît-il, 200 000

Français nouveaux abonnés par mois ! Je pense que s'ils baissaient les prix et amélioraient la rapidité des transmissions, s'ils simplifiaient le langage informatique plutôt réservé à des « initiés » techniciens, Internet serait fort sympathique et incontournable. La tour de Babel intelligente.

Voilà pour le virtuel. En ce qui concerne la vie, j'ai visité le salon du tourisme en compagnie de M. ; ce fut un vrai moment de bonheur. Je lui ai à nouveau dit que je l'aimais. Elle capte bien mon message, mais doit se demander comment concilier le quotidien et notre amour. L'idéal serait que je sois le père de son enfant ; ce serait une excellente consolidation de nos sentiments, un remarquable prolongement de notre relation. Est-ce possible à mettre en place ? Nous allons y réfléchir, mais cette solution m'attire énormément.

Nous avons déambulé entre les stands. Elle est toujours aussi adorable, et très jolie. Est-ce qu'elle m'aime profondément ? Que suis-je pour elle ?

ooo

J'étais vraiment bien disposé à l'égard de M. ; promesses, motivation, projets, j'étais amoureux comme un lion.

Le dimanche après-midi, temps pourri... Je surfe un peu sur Internet, me lasse du manque de dialogue, et me replonge dans mes manuscrits antérieurs. Six cents pages d'ethnologie amoureuse, les femmes du Sud-

Ouest sous toutes leurs facettes, presque vingt années d'amour, de coups de foudre, de drague et de séduction, d'amour transi et de déception, de quêtes vaines, d'espoirs et de succès.

Est-ce que tout cela m'avait rendu misogyne ? Même pas. Bien évidemment, à force d'étudier la gent féminine, je connaissais certaines de leurs ruses, et j'étais un peu blasé, voire agacé par quelques-uns de leurs comportements. Je m'étais d'ailleurs persuadé que j'obtenais auprès d'elles moins de succès qu'autrefois. J'étais moins bien, physiquement, et ayant charge de famille, je disposais de moins de temps et d'argent à consacrer à mes histoires à l'eau de rose. Oui, à l'eau de rose, car en me relisant, je trouvais tout cela très romantique, au sens contemporain et banal du terme. Plus de sentiments que de sexe, alors que j'adorais l'amour physique et que les relations platoniques ne me passionnaient guère. Paradoxe. Cependant, j'étais bien obligé de reconnaître que j'étais loin de *Belle du Seigneur* ; mon hommage au féminin n'arrivait pas à la cheville d'Albert Cohen, parce que j'écrivais moins bien, et surtout parce que je m'étais dispersé, avais beaucoup papillonné. Aucun regret.

À l'heure actuelle, l'apparence avait plus d'importance qu'avant. Ce n'était pas bon pour moi. Je relevais une constance dans ce bilan : j'étais incapable d'aimer vraiment deux femmes à la fois ; je ne comprenais pas cette lacune. Libre à la limite du libertinage, oui, mais sentimentalement, une seule pouvait occuper mon potentiel amoureux - M. à l'heure où j'écris ces lignes. Pourquoi ?

En regard de mes vertes années, une évolution de mon comportement est également due aux difficultés d'un divorce et à l'attitude insatisfaisante de ma fille. Ce fut le coup le plus rude, blessure que je vis toujours comme une injustice. Mais voilà, je suis père d'une petite fille, c'est une autre forme d'amour, et elle me rend malheureux. Elle comprendra plus tard, je l'espère, lorsqu'elle sera adulte.

En attendant, vengeance intelligente et chasse au vagin. Et si dans cette quête du plaisir je puis en plus m'offrir et offrir l'amour, alors, vraiment, la vie est passionnante. Arriverai-je à tout réussir ? J'ai confiance en moi. Je suis très pur. Ma sincérité est désarmante. Je ne joue pas la comédie, je ne triche pas. Et comme je respecte les femmes, qu'elles m'ont appris ce qu'elles souhaitaient, je suis plutôt serein. Naturellement, à aimer, on prend le risque de souffrir. Mais qui serait assez idiot pour ne pas comprendre la valeur de cette souffrance ?

Je n'ai cessé de songer à M. depuis que nous avons visité ensemble le salon du tourisme à Toulouse, je me demande si elle pense à moi au moment précis où j'écris ces lignes.

ooo

Lundi

J'étais allé chez le buraliste situé sous les arcades de la place du Capitole, acheter un paquet de tabac à rouler et du papier à cigarettes sans chlore. Revenu à mon studio, je découvris Marina devant l'écran de mon ordinateur, en train de lire les chapitres écrits depuis notre précédente rencontre. L'étudiante au joli minois semblait concentrée, presque soucieuse ; je fermai délicatement la porte derrière moi et m'assis doucement sur le lit, pour ne pas la déranger.
Quelques instants plus tard, elle se tourna vers moi, l'air interrogateur ; je lui demandai si elle allait bien, si elle était déçue par ce qu'elle avait lu ; elle me répondit par la négative, mais ajouta qu'elle ne comprenait pas ce que je fabriquais avec mon héros masculin ; la confusion était soigneusement entretenue par l'aspect relativement autobiographique du récit, mais surtout il était difficile de comprendre ce que voulait le narrateur dans sa vie, ses relations avec autrui, notamment les femmes. Était-ce un salaud, un cynique, un irresponsable ? Pourquoi vouloir faire un enfant avec M., alors qu'il en avait déjà trois avec son épouse ? C'était incohérent, selon Marina ; mais pas pour moi. J'estimais qu'un homme pouvait avoir des regrets à n'importe quel moment de son existence, que mon personnage avait tout à fait le droit d'aimer M. et de préparer des projets importants avec elle, alors même que tous les deux étaient par ailleurs très engagés.

Certes, les conventions ne prévoyaient pas ce type de situation, mais j'étais persuadé que cela n'avait rien de véritablement original ; en outre, s'il fallait que je commence à me justifier pour ce que j'écrivais, je me ferais du souci pour la liberté d'expression ; celle-ci ne peut excuser n'importe quoi, je suis d'accord ; mais l'amour de mon principal protagoniste pour l'adorable et très jolie M. me semblait une explication tout à fait suffisante pour les rêveries, les envies et les stratégies de son amant.

Marina réagissait, à mon avis, comme une petite bourgeoise ; de toute façon, je n'avais jamais envisagé de faire vendre mes livres le dimanche matin à la sortie de la messe.

Bref, alors que mon poème d'amour en prose avançait, je supportais assez mal la critique ; je m'étais bien identifié à celui qui aimait M., j'étais moi-même amoureux d'elle et j'appréciais de la faire vivre, en pianotant sur mon clavier. Tout allait bien, aussi vivais-je pratiquement l'intrusion de Marina comme la scène de jalousie d'une ancienne maîtresse, alors que mes sentiments pour la nouvelle balayaient tout le passé, exigeaient l'exclusivité. Marina pouvait-elle comprendre cela ? Je voyais parfaitement mon bonhomme prendre dans ses bras l'enfant qu'il aurait avec M., contempler avec tendresse le fruit de leur passion. J'imaginais aussi M. les regarder, leur bébé et lui, avec des yeux heureux, sereine, épanouie, comblée et persuadée que là était leur chemin.

Mercredi

Ce matin, la radio passe *Angie*, des Rolling Stones ; les joyeuses années...
Je suis complètement vaseux à mon réveil, le poids des blessures. Ma mauvaise condition physique m'inquiète, ma prise de poids aussi ; mon épouse me dit que cela n'a aucune importance, mais je me sens mal dans ma peau. Triple blessure en quatre ans : première année, deux mois de migraines épouvantables, un scanner du cerveau qui ne trouve rien, une infirmière superbe qui se penche sur moi alors que je suis allongé sous l'appareil médical. Deuxième année, une fracture du pied qui m'immobilise pendant cinq semaines ; j'en profite pour rédiger des articles d'Histoire. Troisième et quatrième années, un dérèglement de mon appareil digestif ; la fibroscopie sous anesthésie générale ne révèle aucun problème majeur : du stress, de la fatigue, la quarantaine qui approche.
Je ne me reconnais plus, j'ai la nostalgie de ma force. J'essaie de faire attention à ce que je mange, à mon hygiène de vie, mais je sens bien que mon potentiel est entamé. Dans mon état, comment pourrais-je assumer une relation amoureuse torride avec une femme comme M. ? Tandis que mon héros, lui, jeune et beau, comme elle est jeune et belle, peut vivre l'aventure.
Je fais donc un commode transfert, je vis par procuration. Marina n'a en conséquence aucune inquiétude à avoir, M. n'existe pas.

- Là, tout de même, me dit M., tu exagères ! Ne cherche pas à cacher la profondeur de tes sentiments pour moi, je sais bien que tu m'adores. C'est toi qui es inquiet de la portée de notre relation ; mais tu as tort, tout se passera très bien. Et n'oublie pas qu'avec moi, tout est possible, je suis un peu magicienne. Tu es aimé par une fée, tu as beaucoup de chance.
Je me penche sur ses jolies lèvres et l'embrasse avec force.

Samedi

J'ouvre la poche en plastique et feuillette les divers prospectus et brochures que j'ai rassemblés lors de ma visite au salon du tourisme en compagnie de M. : la maison-musée Salvador Dali de Port Llegat ; une carte postale de Sitges ; un calendrier de Tolède ; voyageurs en Chine, en Australie ; un nouveau Traité pour l'Europe, Amsterdam, 17 juin 1997.
Moi, raciste ? ! Une bande dessinée de la Commission Européenne contre le racisme ; Vias en Languedoc-Roussillon ; plan touristique de Saragosse ; le Parlement européen ; plan de la ville et musées de Barcelone ; L'Isle-Jourdain, dans le Gers ; Cahors ; le Catharisme ; l'Aveyron ; Capitole Infos, le journal municipal de Toulouse ; Amérique 99 ; Girona et les Juifs ; Antilles, Réunion, Maurice ; Périgord Noir (Dordogne ; Sarlat ; Vézère) ; Sarlat, loisirs et curiosités 99 ; Antignac, en Haute-Garonne, canoë-kayak, nage en eau vive et

rafting ; etc. Tout ceci ne me donne pas la destination idéale de mon voyage avec M. Car le problème est bien là : comment mieux vivre mon amour avec elle ?
Yves Simon chante.
Je pensais hier que le récit de mes états d'âme amoureux était un peu vain, pour quelqu'un de mon âge, un peu trop adolescent, non ? Ou alors je connaissais le syndrome de l'homme de quarante ans, le commun « démon de midi » qui me donnait envie de courser la minette ; il est vrai que ma minette à moi est bien jolie, c'est une jeune femme avec beaucoup de charme.
M'aime-t-elle vraiment ? Elle me donne un peu de son temps, son attention, sa gentillesse et son corps (la seule véritable façon d'aimer), mais elle ne prend jamais d'initiatives, elle me laisse toujours conduire. J'ai ce reproche à lui faire ! Sans doute est-elle satisfaite des conditions de notre relation, car elle est confortable - en général, les femmes me reconnaissent ce mérite ; mais moi, là-dedans ? Je lance un appel codé, je gémis et je geins, ma comédie tourne à la tragédie, le masque de Michel Serrault, je souffre et j'avance au bord de la scène ; la lumière cruelle des projecteurs éclaire mon visage bouleversé. M. est complètement dépassée, elle observe la situation, elle tient à moi mais n'a pas la force de m'empêcher de sauter.

Dimanche

Les taureaux s'ennuient le dimanche...

Samedi soir, dans une ville du Sud-Ouest, je rigole en écoutant le récit que me fait Vincent, des amours d'Anatole avec Juliette ; notre ami est pris en main, il ne sort plus, travaille comme un fou, prend un ton sérieux au téléphone. Même sa mère m'a dit qu'il avait changé. Tout cela finira par une union matrimoniale, je le crains.

Nous commandons à nouveau des boissons ; nous sommes dans un café qui sert principalement des bières. Il se fait tard, l'établissement est rempli par une foule joyeuse.

Lorsque nous en avons fini de commenter l'actualité sentimentale, nous abordons deux filles avec des gros seins, nous leur offrons à boire, nous débitons des fadaises. Puis nous embarquons chacun une demoiselle dans nos voitures ; la mienne est blonde, avec une poitrine énorme ; je ne sais plus où mettre mes mains. Elle se penche sur mon ventre, puis je la culbute à grands coups de reins. Je trouve qu'elle gémit trop fort, elle m'empêche de penser à autre chose.

Mais elle est plutôt sympathique ; en fait, après l'amour dans l'automobile, elle m'invite à coucher chez elle. J'accepte, en me demandant si je vais dormir un peu, ou faire de la gymnastique sexuelle toute la nuit.

Elle habite un joli petit appartement, avec des poutres apparentes, arrangé avec goût. Sa collection de CD est convenable. Sa chambre est très gracieuse - une chambre de fille - et son lit douillet. Elle m'explique qu'elle aime son indépendance et choisit ses amants

quand elle en a envie. Une boîte de capotes dans sa table de nuit, et une dans son sac à main, à cause du sida, elle est heureuse et libre ; tout à fait le genre de femme avec laquelle on peut se prendre pour un sex-symbol.
Dans le lit, elle me taquine, ce qui est parfait car je n'ai pas sommeil.

ooo

Dimanche d'hiver. J'ai rendez-vous avec Jean-Paul pour visiter une maison. Une résidence secondaire. J'en ai besoin ; en ville, j'étouffe. Même si j'adore Toulouse, il m'est régulièrement indispensable de m'échapper et de retrouver mes racines.
Quand j'arrive chez lui, il me donne des œufs, des bons œufs de la campagne. Nous partons dans ma voiture et, peu après, nous nous garons devant la ferme du vendeur ; nous marchons quelques pas, et nous atteignons une vieille maison gasconne ; c'est une ruine, il faudrait tout raser, c'est déprimant. J'imagine les gens qui ont vécu là, autrefois.
Je n'ai pas encore trouvé la perle rare ; de toute manière, je n'ai pas d'argent. Je rêve, je survis en faisant des plans sur la comète ; je dois retrouver le goût de me battre.
Je salue le propriétaire, que je connais depuis de nombreuses années ; il paraît content de me revoir, me dit que je n'ai pas changé (juste pris un peu de poids) ; il

a bon espoir de vendre son bien, car un jeune couple est intéressé, qui n'attend plus que la réponse de la banque.
- De toute façon, ajoute-t-il, je m'en moque, je suis vieux... dans quatre jours, je suis mort.

La colline nous protège du vent froid de février. Je repars pour Toulouse et je téléphone à M. :
- Tu me manques. JE T'AIME !

Avec tendresse, elle me promet que nous allons nous voir bientôt, et davantage. Je suis soulagé.

Mercredi

Silence radio. Je consulte pour la énième fois mon Tatoo, mais M. ne m'a pas envoyé de message. Elle est occupée cette semaine par ses obligations familiales ; elle me manque terriblement. Je n'ai pas le moral.
J'ai pris froid à Albi, où je me suis rendu pour une journée. Je me bourre de gélules contre « rhumes et rhinites ». Je suis fatigué. Le bilan n'est guère brillant.
Albi est une ville magnifique, très attachante ; il faudra que j'y revienne au cours du printemps ou de l'été.
Près de la vallée du Tarn, le Pays de Cocagne. La température glaciale vide les rues de la ville, mais le soleil donne à l'architecture albigeoise sa pleine beauté.
J'hésite à envoyer une carte postale à M., mais elle sait certainement que je pense à elle. J'ai hâte qu'elle soit connectée à Internet, afin de pouvoir correspondre plus

souvent avec elle. J'écris à ma femme, mes fils et ma fille. Je dois aussi penser à envoyer un mot à Juliette et Valérie.

J'ai le vertige et je ne me sens pas en forme. Je ne voulais pas que mon amour pour M. fût si difficile.

Dimanche

Dimanche matin, promenade en famille sur le marché de la place Saint-Sernin. Froid vif, mais beau soleil. Je m'offre un pull-over blanc à rayures bleues.

J'avais préparé dans ma tête une ou deux pages pour le journal, mais à cause de mon rhume je les ai oubliées. Je me souviens vaguement que je pestais contre le manque de solidarité entre les gens. Société individualiste, triste et ennuyeuse ; mais après tout, est-ce vraiment mon problème ?

Je limite le surf sur Internet, à cause du prix des télécommunications ; il paraît que France Telecom étudie la mise en place d'un forfait. Ce serait bien.

Je prépare diverses conférences et études d'Histoire régionale. En général, je me pose des questions ; c'est bien, non ?

Je songe assez souvent à ce journal, je le trouve trop narcissique, il faudrait un fil, une histoire, une aventure un peu mystérieuse, du suspense ; mais le genre ne s'y prête pas. Il s'agit de tenir la distance pour dresser un portrait au quotidien. Un portrait de qui ? Tout ceci m'agace, en fait : routine, mièvrerie, manque de

concrétisation. Le journal d'un père de famille de quarante ans, qui s'ennuie. Quel intérêt ? La fiction, le roman, voire l'Histoire, sont autrement plus excitants. Excitation, oui, voilà un maître mot.
En tout cas, Toulouse est très belle sous le soleil d'hiver.

Lundi

Journal d'un ratage complet. Cela pourrait être intéressant. La question de la responsabilité personnelle, mais aussi celle de l'impunité des salauds.
Comment un homme de trente ans, sans histoires et heureux, peut devenir un homme abattu dix ans après ? Tout n'est pas noir, bien sûr, je vois aussi du blanc, mais le prix à payer est tel que je ne peux m'empêcher de considérer cette décennie comme un échec sans appel. Heureusement, comme le dit mon amie Valérie, « l'amour est plus fort que la mort », et cette histoire d'amour avec M. est peut-être la bouée de sauvetage. Certainement, même ; une main tendue avec pitié au naufragé.
L'autre jour, ma jolie brune (j'ai failli écrire *fiancée*) m'a demandé pourquoi ce pessimisme chez moi, cette lassitude et cette auto dépréciation que je n'arrive plus à juguler ; étant amoureux, je ne puis absolument pas lui dire la vérité, la triste vérité sur l'usure du combattant ; je suis obligé d'être jeune, beau et dynamique.
J'ai parlé de cela, ou à peu près, avec un vieil ami médecin, l'un de ces médecins encore humanistes ; lui

estimait que l'on accordait trop d'importance à l'apparence :
- Après tout, tu dois te moquer de ce que pensent les gens de toi, l'image de soi ne compte pas ; les gens qui t'aiment sincèrement sauront bien t'apprécier.

C'est vrai ; pourtant, le regard de mes proches, le regard amoureux de M., c'est encore autre chose, et je ne veux pas leur faire de la peine, je dois les rendre heureux.
Fiancée... J'ai pensé à M. de cette manière. C'est attendrissant. Mais un peu trop tard, et maintenant utopique ; il en restera une vision charmante. Je ne me sens pas encore prêt à la décrire dans ces pages, j'aime trop ma muse ; il va pourtant falloir en arriver là.

Mercredi

Bizarre. Elle semblait lointaine hier, presque distante. Je la rappelle aujourd'hui, naturellement, et elle a l'air triste.
- Ne t'inquiète pas, me dit-elle.

L'espoir faisant vivre, j'accepte cette promesse. Après tout, notre relation amoureuse n'est pas forcément linéaire. Je suis déçu, tout de même.
Le neuvième concours littéraire de l'association toulousaine est lancé ; je me demande si je vais y participer ; un beau portrait de M., en trente pages, est-ce possible ?

Vendredi

Bof ; deux jours dans les comptes bancaires, à cause du découvert (du manque d'argent).
L'assureur automobile a fait une erreur dans ses facturations trimestrielles, sans doute à cause de son ordinateur. La compagnie financière me demande une multitude de renseignements personnels - pire qu'une enquête de police -, et me propose un taux de 11,20 % (le double de ce qui se pratiquait en décembre dernier !). La banque ne se presse pas, le responsable a communiqué mon dossier avec deux semaines de retard au décideur, qui est en vacances pendant quelques jours. Tout cela donnerait plutôt envie de rire, avec une pointe de mépris pour ces minuscules collectionneurs de chiffres. A-t-on eu raison de laisser ces gens-là profiter de la crise pour prendre autant de pouvoir ?

ooo

Revenons à des sujets plus intéressants. C'est vraiment compliqué une femme, pour nous les hommes. Ce matin, j'ai craqué, j'ai envoyé valser mes bonnes résolutions et j'ai téléphoné à M. ; parler avec elle m'a fait chaud au cœur. Elle va bien. En revanche, elle n'est pas disponible avant la semaine prochaine. Elle semble reprise en main par son mari (c'est la règle du jeu, mais c'est dur). J'essaie de comprendre son attitude étrange des jours précédents, mais elle s'en tire par une pirouette. Tout ceci ne m'arrange pas, car si j'ai plaisir à écrire sur nous, à lui consacrer ainsi mon temps pour inscrire la trace de nos sentiments, il est indéniable que l'essentiel pour moi est de la serrer dans mes bras. Cela étant, je souris béatement, et je suis heureux, vraiment heureux.

Samedi

Je demanderai à Juliette ce qu'elle pense de ce projet de journal, qui tourne au panégyrique de M. (mais c'est le hasard des événements de la dernière année de mon siècle). Mon amie lectrice m'a déjà dit que je l'idéalisais trop ; regard d'une femme sur un homme amoureux d'une autre femme. Mais encore ? Le coup de la muse, la compensation virtuelle par l'écrit, la tendresse de l'amour qui s'épanche ? Je n'en sais rien, je ne sais plus.

Mardi

Je bois un pot avec Marina à la terrasse d'un café. Soleil d'hiver, mais le pire du froid est derrière nous. Je regarde la ville ; hier, j'ai vu un ami qui s'est installé en Ariège car selon lui Toulouse n'offre plus d'intérêt une fois terminée la vie étudiante ; « après, on n'en profite plus ». Est-ce que je profite encore de Toulouse ? Qui profite de qui ? Lorsque j'ai quitté Paris et que j'ai retrouvé le Sud-Ouest, j'ai adoré Toulouse, je suis tombé amoureux de cette ville ; et comme malgré les

apparences, je suis un homme extrêmement fidèle, mes sentiments ont persisté. Il est incontestable qu'à l'heure actuelle, ma vie quotidienne est moins agréable que dix ans auparavant. Il faut bien travailler, assumer les responsabilités (les obligatoires, celles que l'on se donne et celles que l'on accepte) ; malgré tout, je me sens chez moi, même lorsque je rencontre un authentique Toulousain. Et puis, comment expliquer ce plaisir insatiable que je ressens avec cette ville ? Aucune autre ne m'a jamais fait le même effet. C'est ainsi, je n'ai jamais vraiment cherché à l'expliquer. En ce sens donc, oui, je profite encore de Toulouse. Tout n'a pas été facile, loin de là, j'ai payé cher ce choix, mais en plus ce n'est même pas Toulouse qui m'a fait payer.
Payer, vous connaissez ce mot ? Marina me sourit. Elle me comprend, ma femme virtuelle. C'est une étrangère. Je suis compris par une sud-américaine.
Bon, si je veux être honnête, je ne peux pas jouer à l'homme incompris par les femmes, même celles de Toulouse. J'en ai connu une. Une petite prétentieuse... Elle n'ira pas loin, prise au piège de son snobisme ; mais pour une qui nous donne cette image, tant de femmes formidables ! Je me lasse à le dire parce que c'est la vérité. J'entends souvent cette phrase, prononcée par des hommes sincères : « Elles sont meilleures que nous ». Meilleures dans le sens moral. Et ces hommes ne se sentent pas vaincus ou dépassés, au contraire.
Tout ceci est bien intéressant, mais quant à la pratique, c'est un autre problème. Je piétine avec M., je ne sais

plus sur quel pied danser ; je me suis accroché avec un copain cette semaine à cause d'elle ; il a d'abord commencé par des plaisanteries graveleuses sur son compte, et je me suis senti blessé, choqué alors que je suis un homme tolérant ; la discussion a vite dérapé. Il m'a affirmé qu'elle ne m'aimait pas vraiment, qu'elle resterait avec son mari, bref il a essayé de démolir notre histoire. Pourquoi ?

Autre chose : ces pages que j'accumule parce que je veux tenir la promesse que je me suis faite, à moi-même mais aussi à Juliette, de transcrire en cette fin de siècle, mes états d'âme petit-bourgeois. Difficultés médiocres d'une existence étriquée, comme celle de la plupart des gens ; souvent me vient la tentation d'avoir recours à l'imaginaire pour enjoliver l'ordinaire retranscrit par ces lignes, mais ce serait tricher. Rêver, oui, mais ne pas tricher. Juliette me donnera certainement son avis judicieux là-dessus ; c'est une fille bien.

En ce qui concerne M., si vraiment elle ne m'aime pas du fond du cœur, si elle me joue la comédie, tant pis pour moi ; nous arrivons à la fin du mois de février, son amour m'aura déjà porté pendant deux mois, huit semaines gagnées sur la vacuité de l'existence normalisée.

De toute façon, je ne crois pas possible que notre relation soit fausse. M. pourrait me donner bien mieux et bien davantage, c'est évident ; mais faut-il brûler les étapes ? Elle m'offre déjà énormément, tu sais ; et pourtant, je ne suis pas quelqu'un qui me contente de

peu. Alors, oui, j'attends beaucoup plus d'elle, j'espère qu'elle pourra le faire, mais pour l'instant, c'est ainsi et c'est bien.
Marina m'embrasse sur la joue.
Pour le projet d'écriture, je réfléchis donc beaucoup sur la meilleure forme à donner à ce poème d'amour en prose.
Je lance une compilation des Rolling Stones. J'adore. Mon fils vient me voir ; il est inquiet de l'absence de sa maman qui est chez le médecin. J'ai téléphoné à ma fille avant son départ en vacances, et je lui ai envoyé une carte postale ; mes efforts sont pratiquement vains, elle s'éloigne de moi. L'échec du divorce et la victoire des mères ; objectivement, je ne pense pas que ce soit une bonne chose, ce n'est pas très intelligent, et constitue la source de souffrances morales pour tout le monde. La société l'a voulu ainsi, alors ce n'est pas moi qui vais changer la situation.
Coupables.
Bon, il faut regarder devant, la vie est longue !
Demain soir, dîner déguisé avec des amis. Masque de Quasimodo et bonnet à rayures, comme mon pull-over.
Tout le monde s'amuse. C'est nécessaire.
Ceux qui n'y verront qu'une mince consolation, vraiment, ceux-là n'aiment pas l'existence ! Ils ne sont pas rabelaisiens pour un sou, des jean-foutre, des moins que rien, des pisse-froid, des tristes sires, des rabat-joie, des je-ne-sais-quoi et bien plus encore. Le plaisir des mots peut paraître superfétatoire, c'est vrai, mais après

tout il est des loisirs plus dangereux (même si les mots ont leur importance).
Je suis toujours en train de me justifier... Cela peut paraître absurde mais voilà, telle est ma situation, il faut rendre des comptes car la norme est pesante. Encore qu'avec le temps, va, tout s'en va.
Sauf M. que j'aime. J'ai souvent envie de lui écrire une belle lettre d'amour, à la main, rien que pour elle. J'entends Anatole ricaner :
- Elles n'en veulent plus, des lettres d'amour !

C'est un peu vrai. Pourtant, j'écris, et tu as bien compris que cela ne s'apparente ni à de la masturbation intellectuelle ni à du narcissisme...
Un jour, une femme désagréable, imbue d'elle-même, égoïste, profiteuse et antipathique : elle voyait l'existence par les yeux de Narcisse ; pauvre femme sans cœur... Je provoque. 1293 mots au compteur de mon ordinateur, correction orthographique automatique de ce chapitre.
Je tourne autour du pot. L'intimité de M. me manque. Ce n'est pas beau de parler ainsi de la femme que l'on aime. Ah bon ? Mais tu ne sais pas ce que je ressens devant elle.
Si un jour Juliette m'autorise à faire lire cette prose à M., celle-ci comprendra mon émoi. La première fois que je vis sous ses jupes le haut de ses cuisses et que j'aperçus sa culotte blanche, c'était au bord d'une rivière, sous de grands arbres ; minauderies érotiques d'une journée d'été. T'en souviens-tu, ma belle ? Moi, je

n'oublierai jamais la naissance de mon désir. Après sont venues ta grâce et ta tendresse, et mon attachement ; t'en rends-tu compte ?

1421 mots ; quand on aime, on ne compte pas !

Il me reste à trouver la dimension de l'aventure, c'est plus difficile à mettre en place. Je sais bien que le quotidien tue l'amour, que je n'habite pas à Venise, que ma grand-mère est morte l'été dernier. Je sais tout cela et je discute avec des gens tous les jours.

Je me demande ce que je fais là, parfois, quand j'entends des choses vilaines ou avec lesquelles, décidément, je ne suis pas d'accord ; mais est-ce vraiment important ? Pensez-vous par exemple qu'il faille éloigner les jeunes délinquants de leur univers habituel ? Je ne suis pas un délinquant mais je constate que je vis mal d'avoir été exilé, d'avoir perdu une bonne partie de mes repères ; alors, je ne sais pas si on a le droit d'exclure les gens de leur milieu. Dans le pire des cas, cela s'appelle *déportation*.

Il faut faire attention avec toutes ces questions. L'amour est de loin préférable.

M., m'entends-tu ? Aime, m'entends-tu ?

Jeu de mots, bien sûr.

Jeudi

Surf sur Internet ; le journal signale le site d'un étudiant en droit dont le but est de se moquer des auteurs de journaux intimes qui s'affichent sur le Web. Une personne qui tient son journal intime est un « diariste ».

« Inutile de préciser que l'humour de Nicolas a été diversement accueilli dans le petit monde des diaristes du Web », ajoute la journaliste du Monde.

Je n'avais pas songé à diffuser mon texte quasi quotidien sur la Toile. La raison principale était que j'en réserve la primeur à Juliette. Mais l'idée est amusante, même avec le risque du ridicule, de la critique ou de la moquerie anonymes.

Je contacte le site des diaristes que parodie l'étudiant ; il se trouve au Québec, ce qui m'est plutôt agréable (Amérique et francophonie).

J'attends leur réponse. Il faudra aussi que j'en parle à Juliette, car cela changerait un peu l'optique de ce travail, qui deviendrait plus "littéraire", au détriment de sa finalité amoureuse. Pourquoi l'amour ? Parce que je vis avec, parce que je me vois mal aborder d'autres sujets ; à quel titre pourrais-je donner mon avis sur tout et n'importe quoi ? Démocratie directe ?

Mais cela me cause un problème supplémentaire, vis-à-vis de M. : puis-je ainsi afficher l'évolution de mes sentiments et de notre relation, au vu et au su d'inconnus ? Publier presque en direct, et non avec le recul du papier imprimé et du temps.

Autant mettre aussi nos photographies ! La boucle sera bouclée, cela deviendra véritablement un journal intime, presque banal même s'il a sa valeur humaine, et non plus un exercice de haute voltige, de fildefériste (cet équilibriste qui fait ses exercices sur un fil métallique, ce funambule, ce clown amoureux). Tu m'ennuies, tu ne respectes rien, et il faut tout t'expliquer !

Vendredi

Me viennent à l'esprit - embrumé par mon retour, tard dans la nuit, après une soirée sympathique - quelques références prestigieuses : Rabelais, *l'Énéide et l'Odyssée*, le souffle littéraire épique. Ce serait plus intéressant que mes pérégrinations le long d'une carte du tendre au petit pied.
Une amie, hier soir, m'a dit que je ne parlais que des femmes... En bien, certes, mais que c'était chez moi un sujet très fréquent ; trop, sans doute.
Conséquence de mon ressort principal, l'amour ; mais que veux-tu que j'évoque ? Les kangourous ?
Je demanderai son avis à Juliette.
Je ne reçois rien sur ma messagerie Internet, alors que techniquement tout semble fonctionner ; il faut donc relativiser. Tant pis pour mon ego. Nous sommes six milliards d'habitants sur terre.
Un autre jour, lorsque je serai mieux réveillé, je ferai le récit de l'agréable soirée d'hier. Pour l'heure, je somnole.

ooo

Samedi

Les choses évoluent vite, décidément ; mais où sont la liberté et les envies ?
Je dois d'abord trouver le temps de raconter ma soirée avec une bande d'amis : repas, danses, musique (j'avais choisi Bob Marley). Les gens étaient gentils et chaleureux, cela fait plaisir. J'étais assis en face d'une amie qui était venue accompagnée de sa meilleure copine. Elles étaient toutes deux fort bien habillées, très belles, très féminines. Je suis rarement attiré par mes amies ; l'amour est trop aléatoire (voyez les prochaines pages), par contre, j'étais très troublé par ma vis-à-vis. Superbe, intelligente, sympathique et sous un masque humoristique, elle me semblait particulièrement tendre. Je lui ai, paraît-il, fait du charme (?).
À la fin du repas déguisé, nous sommes partis tous les trois dans les rues de Toulouse, vers un bar que fréquentent les filles. Cela faisait longtemps que je n'étais pas sorti tard le soir dans la ville. J'ai eu plaisir à marcher dans les rues. Le bar était plein à craquer, et nous sommes descendus dans la seconde salle. Nous avons commandé des boissons ; tout à coup a éclaté une bagarre générale. Les coups pleuvaient de partout et chacun cherchait à s'abriter comme il le pouvait. Ce n'était pas très plaisant, et heureusement, sans gravité. Lorsque le calme est revenu, nous avons décidé de remonter dans la première salle, où nous nous sommes attablés ; je me suis assis à côté de la belle inconnue, et

un type est venu s'installer, sans qu'il y soit invité, auprès de mon amie. Ils se sont mis à discuter et moi, j'ai laissé filer le temps.
Il m'a semblé que la cuisse de ma voisine frôlait la mienne. Je ne me suis pas posé de questions ; à ce moment-là, je me fichais de tout.
Je l'ai observée et écoutée. Elle était vraiment jolie ! Elle me parlait « d'un bout de chemin ensemble ». J'ai laissé venir.
Nous sommes repartis tard dans la nuit, puis séparés près du parking ; elle m'a dit qu'elle espérait me revoir... Je demanderai demain des précisions à mon amie. Aujourd'hui, repos.

Dimanche

J'essaie d'en savoir plus, tel le vaillant séducteur que je suis. Réponse elliptique de mon amie, ce qui m'agace. Alors, attendons.

Lundi

Chou blanc : deux vestes en une semaine ! Malgré les louables efforts de mon amie, qui lui a communiqué mon numéro de téléphone et lui a reparlé de moi, la jolie inconnue n'a pas donné suite. Je suis déconfit. J'en appelle à la Belle Paule, à Clémence Isaure et à toutes les figures magnifiques de l'idéal féminin.

Quant à la seconde déconvenue, elle est plus amère, plus inexplicable (mais j'aurai l'explication), et elle me fait mal, car là, oui, il y avait des sentiments.

À cheval sur mon blanc destrier, je tiens solidement de ma main droite ma lance, longue et ferme, prêt à attaquer la place forte où est enfermée ma douce ; de la main gauche, j'attrape mon téléphone portable et compose le numéro de M., qui me répond :

- C'est toi ?

- Bien évidemment, c'est moi ! Que se passe-t-il, ma mie ? Pourquoi ce repli incompréhensible ?

- Ce n'est pas grave, ne t'inquiète pas ; mais je ne peux plus te voir dans les mêmes conditions. Mon mari, mes parents, ma réputation, ma situation. Je vais te rendre tes disques et tes poèmes. Ne m'en veux pas, je t'aimerai toujours. Mais c'est mieux ainsi, plus pur, plus profond.

Je ne suis pas du tout satisfait de ces propos, l'on s'en doute. Je vois descendre de la tour un joli petit panier accroché à une corde de soie, dans lequel je trouve effectivement mes CD-ROM favoris, un recueil de mes poèmes et une paire de chaussettes que j'avais oubliée lors de mon précédent passage. Je tente vainement, via le téléphone portable, de convaincre M. de la nécessaire réalité de l'amour, mais rien à faire. Elle a tout : un toit, une télévision grand écran, un mari, un travail, les disques vidéo avec Leonardo Di Caprio... Elle est comblée !

- Et la passion de l'amour ? dis-je d'une voix tremblante d'indignation.
- Je n'en ai plus besoin, répond-elle.

On peut aimer sans être un mufle. Je n'insiste pas, coupe le téléphone et commande à mon canasson de prendre le chemin du retour vers l'aventure. Nous nous éloignons de la citadelle sans un regard. Rossinante avance doucement, comme pour accompagner ma mélancolie ; mon fidèle Sancho Pança reste légèrement derrière moi, silencieux lui aussi. Nous parvenons ainsi à une bourgade voisine, et nous arrêtons devant la taverne.
Attablés, nous commandons de réconfortantes boissons. Sancho me regarde, ennuyé, et me demande :
- Tout va bien, maestro ?
- Ah, mon ami ! La vie est un perpétuel combat. Mais ne te fais pas de souci, j'en ai vu d'autres.
- Je vous l'avais dit, señor, les femmes sont imprévisibles, vous savez ce que j'en pense.
- Oui, oui, je sais. Ne généralisons pas. Pour ce qui est de cette histoire, je suis cependant fort marri.
- D'un côté, c'est normal, seigneur : vous êtes vieux, maladif, gros et désargenté.
- Ce n'est pas une raison suffisante, mon brave. L'amour peut vaincre ces obstacles dérisoires.
- Oui, mais en l'occurrence, la belle...
- Je sais, je sais. Longue est la route qui poudroie devant moi. En attendant, buvons à l'amitié !

Une heure après, Sancho se lève pour aller aux toilettes. Je reste seul devant ma chope d'hydromel, à broyer du noir ; la défection de M. m'a profondément affecté, et perturbe gravement mon planning printanier ; après tout, peut-être est-ce un signe du destin ?... Fin de partie, il est temps pour moi de m'engager dans un chemin marqué du sceau de l'ascétisme, de renoncer à certaines joies épicuriennes qui, en y réfléchissant bien, relèvent de la perte d'énergie. « Femmes, je vous aime ! » ; et après ? Un homme serein, libéré des besoins du truc entre les jambes, comme disait Hubert Beuve-Méry, l'ancien directeur du Monde, va de l'avant, apaisé, ne jetant qu'un œil indifférent sur les jolis minois qu'il croise. Une paix des sens douce et euphorisante, qui m'affranchit de ces viles préoccupations, dont la satisfaction, au bout du compte, est toujours trop chère payée... du point de vue de ma sensibilité affective. Et puis, soyons lucides : ces deux échecs successifs prouvent une évolution des goûts et des couleurs dont je dois tenir compte, dont je suis obligé de tenir compte puisque, après tout, ce sont elles qui décident. Un mécréant comme moi ne peut se réfugier dans le mysticisme ; mais il est bien d'autres bonheurs dans l'existence que le jupon et le cœur des dames. À moi d'entamer cette nouvelle quête, avec une maturité accrue et une préoccupation morale qui fera de moi un homme de bien.
- Conquistador !
- C'est le loyal Sancho qui revient vers notre table ; il est

accompagné de deux personnes du sexe, fort mignonnes et accortes. Malgré moi, je tâte ma bourse pour vérifier qu'elle contient encore quelques écus ; triste destin de l'amant éconduit.

Mardi

« Je ne me prends pas pour un grand écrivain ».
Je me suis senti visé par cette phrase lue dans le journal : car je n'hésite pas à citer des auteurs prestigieux, et surtout, chaque jour, je n'ai pas peur de taper sur mon clavier, réalisant ainsi, page après page, ce qu'il faut bien appeler un ouvrage.
J'ai parlé avec Juliette : elle m'a dit de continuer, pourtant elle a refusé, gentiment mais catégoriquement, de me donner son avis sur ce qu'elle avait déjà lu. D'une certaine manière, ce silence approbateur ne m'arrange pas ; certes, il me libère et me motive (je n'ai pas vraiment besoin d'être materné), mais... Comment dire ?... Que fais-je là ?
Bon, je vais prendre ma voiture et aller chez McDonald's, pour faire une surprise culinaire à ma petite famille.

Jeudi

À partir de demain, régime strict en raison de mon examen médical de lundi prochain. Encore une anesthésie générale. Je n'appréhende pas, mais ressens un grand déplaisir à cette idée. Comment peut-on autant apprécier les infirmières et se sentir aussi mal à l'aise dans le milieu hospitalier ? L'infirmière, c'est une pointe de machisme, j'en conviens.

Voilà : s'endormir comme pour une mort, et repartir quelques heures après. Si je meurs lundi - hypothèse peu probable - aurai-je eu le temps d'écrire ici l'essentiel ? Non, évidemment, d'autant plus que ce journal collecte les événements mineurs, plus exactement, particuliers, de mon existence quotidienne (M. n'est pas un élément mineur). Pourtant, je suis bien obligé de reconnaître que l'accumulation de ces minuscules péripéties peut produire une impression de superficialité. Alors ?

- Tu te poses trop de questions, me dit d'un souffle Marina en passant sa main fraîche sur mon front fatigué. Sais-tu que Philippe Sollers sort son journal ?
- Oui.
- Tu as reçu des e-mails sur ta messagerie Internet ?
- Oui. L'éditeur parisien qui me lit ; la fille qui tient un site sur Philippe Djian. Tu crois que le journal est une thérapie ?
- Pour toi, non. Une façon de faire le point, peut-être. Et encore ; tu n'es pas sérieux. Je ne sais pas exactement ce que tu cherches à faire, mais ce n'est pas sérieux. C'est une blague ?
- Oui.
- Tu penses vraiment à trousser toutes les jolies filles que tu rencontres ?

- Oui.
- Tu as terminé ton livre sur Lautréamont ?
- Non.

ooo

Un ami passe chez moi me dire bonjour. Je lui offre un café ; nous discutons de tout et de rien. C'est un type calme, posé, plus âgé que moi, plein de bon sens. Nous avons une grande estime réciproque.
Je lui dis que je suis déçu. Il ne répond rien, sourit mais me comprend. Je le raccompagne vers son véhicule en devisant alors qu'enfin, le soleil semble annoncer la douceur printanière.

ooo

Dîner en ville

Je suis assis à côté d'un fat méchant et hostile qui dénigre dans mon dos, je le sais, mes mots et ma personne. Plus loin, j'aperçois un triste sire qui répand sur moi des rumeurs malveillantes ; il a été mêlé à l'affaire M. - à mon désavantage, bien sûr.
J'en bâille. C'est la vie en société. Ces types n'aiment pas mes descriptions des femmes. *La domination masculine*, comme le titre Bourdieu, se réveille et se moque du constat alarmiste d'un engourdissement du féminin. Je devrais employer un vocabulaire, au lieu de me livrer à des digressions sans tête et avec queue sur des

rencontres hasardeuses et multiples. Les eunuques se font même aider par quelques femmes, qui n'y comprennent foutre rien dans mes lignes « diarrhée verbale », « il ne pense qu'à... », « il se prend pour... », « ce n'est pas un écrivain ! ».

Ce qui m'ennuie véritablement, ce ne sont pas ces critiques hypocrites, ces mesquineries mondaines, mais plutôt le temps perdu et les sentiments abîmés.

La perte de M. me contrarie aussi, bien évidemment. Que devient-elle ?

Un e-mail sympathique ; un coup de téléphone de ma fille ; mon plus jeune fils qui parle de mieux en mieux ; mon épouse qui se porte comme un charme malgré les obligations familiales. La chatte se frotte contre mon mollet en ronronnant.

La pudeur reprend ses droits, tout rentre dans l'ordre. Cette nuit, reportage télévisé sur les Rolling Stones... Dormez bien.

Chaque jour, je savoure l'humour involontaire d'un panneau municipal planté au bord de la rue, qui souhaite bonne route aux pauvres toulousains englués dans les embouteillages automobiles. Je parviens enfin au centre-ville, où j'ai rendez-vous avec Marina dans un bar espagnol.

L'Espagne... Une amie me propose de participer à un pèlerinage l'été prochain, sur les chemins de Saint Jacques de Compostelle : sept cents kilomètres à pied, arrêts nocturnes dans des monastères !

Je lui suggère de marquer « Tapas et sangria » sur ses invitations ; elle apprécie modérément cette réflexion : « Tu ne respectes rien, il y a des choses sacrées ! » ; – mais son regard reste toujours aussi doux - ; elle a des yeux magnifiques. Je suis touché par son offre, mais ne m'imagine pas dans une telle balade.
Je gare mon véhicule et rejoins Marina.
Elle a lu mes pages précédentes, et n'est pas tout à fait d'accord avec ce que j'ai écrit.
- En premier lieu, me dit-elle, je trouve exagéré et facile d'extrapoler à partir de quelques mésaventures sentimentales, pour en arriver à évoquer un *engourdissement du féminin*. Tu te trompes. Aujourd'hui, de plus en plus de femmes veulent vivre seules. Il ne s'agit pas d'une régression, même si cela n'arrange pas certains hommes. C'est une évolution.
- Tu as raison.
- Ensuite, tu ne t'inspires que des déboires, et tu passes sous silence les... les trains qui arrivent à l'heure.
- Effectivement.
- Enfin, tu privilégies les relations entre les hommes et les femmes, alors qu'il y a des sujets autrement plus importants dans le monde. Pourquoi cette autocensure ?
- Je te l'ai dit, c'est le principe de ce journal. Je n'ai pas qualité pour donner mon avis, je ne suis pas un commentateur. Les actions que je mène n'ont pas à apparaître ici ; c'est un endroit plus intime où débordent mes sentiments parallèles, mes frustrations,

mes envies, mes rêves, mes états d'âme... Je saupoudre avec ma sensibilité ce qui ne peut vivre ailleurs.

- Mais pourquoi cette référence permanente aux femmes ? Tu proclames ta part de féminité, tu as fait le pari de les aimer toutes, tu leur en veux ?

- Mais pas du tout ! D'abord, c'est un sujet agréable, qui m'inspire. Ensuite, je pense que j'ai la nostalgie de mes vertes années, alors que je culbutais des filles joyeuses dans des meules de foin ; déraciné, il me reste la quête du plaisir. Enfin, sur un autre plan, je suis convaincu qu'elles ont une approche intéressante de l'existence, qui m'apporte quelque chose.

- Et cette M. ? Pourquoi as-tu perdu ton temps avec cette femme ?

- Ah, M...

- Bon, d'accord. Mais où est la vérité dans tout cela ? Tu veux alerter les autorités sur les difficultés de la vie quotidienne ? Tu stigmatises une certaine légèreté sociale alors qu'il se passe des choses dramatiques : chômage, guerres, épidémies, violences dans les banlieues, crise du système des retraites, que sais-je encore ?

Quoi qu'il en soit, le missi dominici de Jorge prend à cœur sa lecture. Mais la plaisanterie ne doit pas aller trop loin, à quoi bon ? Pour les besoins de ses études universitaires, Marina s'en va trois jours à Barcelone, et elle me propose de l'accompagner ; j'accepte.

Lundi

Aujourd'hui, il fait un soleil magnifique. Nu sous ma blouse bleue d'hospitalisé, j'attends sagement dans la petite chambre de la clinique. J'ai scrupuleusement respecté toutes les prescriptions préalables à l'examen. L'infirmière, très aimable, m'annonce que le médecin est en retard. Mais le temps devient long, je me mets en colère (froide), je me lève, me rhabille et annonce à l'infirmière que je m'en vais. Elle s'oppose pour la forme à mon départ, mais j'ai tout de même droit à un beau sourire ; la sympathie est réciproque.
J'ai peut-être tort de m'en aller - je n'en suis pas certain, à vrai dire -, mais de toute façon je n'avais pas envie d'être endormi une nouvelle fois.
Ce que je raconte ici est virtuel, alors que ce matin c'était la réalité ; pourtant je ne regrette rien. Je ne suis pas un numéro. L'heure, c'est l'heure. Je ne suis pas suffisamment malade pour ne pas me faire respecter. C'est quoi, la souffrance ? On se moque du monde. Révoltez-vous.

Mardi

La femme de trente ans célébrée par Balzac ; oui, cette histoire pourrait être un peu cela.
Le magazine informatique que j'ai acheté hier me tombe des mains : langage spécifique et hermétique, réservé à quelques « initiés » égoïstes, logiciels du CD-

ROM qui plantent mon ordinateur, impression globale de malhonnêteté commerciale. Bill Gates a, paraît-il, déclaré qu'il fallait maintenant simplifier le vocabulaire et l'usage informatiques, afin que cette réelle révolution technologique et intellectuelle soit un véritable progrès collectif ; je suis d'accord avec lui (il en sera ravi !).

La femme de trente ans est forte et généreuse. Elle veut vivre libre. Et mes amies de quarante ans ? Je ne vais pas pouvoir faire plaisir à tout le monde. Nous verrons cela dans le prochain texte.

En attendant, puisqu'il faut bien conclure à un moment ou à un autre, je songe à l'injonction de Marina : la vérité. Il est symptomatique que la femme la plus proche de moi dans ce journal soit la moins véritable, puisque Marina est sortie de la cuisse de Jorge et n'existe pas. Tout cela est-il alors le constat d'un échec de communication ? Je me suis bien amusé, mais qu'en pense Juliette ?

Encore des interrogations. J'ai toujours essayé d'œuvrer au nom de l'humanisme et de l'amour, et tu n'imagines pas à quel point furent violentes les réactions à cette ligne de conduite. Au bout de l'impasse, le suicide ou la solitude. L'ingratitude me blesse, en raison de cette fichue sensibilité que certains me reprochent, comme si c'était une tare. Sensible, oui... cela fait des êtres usants, mais en quoi sont-ils fondamentalement insupportables ? Tout doit être lisse et simple, pas de vagues, calme plat, chaque élément est bien rangé. Si j'affirme que je me suis bien amusé, je dis la vérité ; ces pages m'ont fait le plus grand bien, malgré leur inutilité évidente. J'ai pris du recul, j'ai essayé de vivre et d'aimer, avec les résultats que tu sais. Tout n'est pas négatif, loin de là. Par contre, le regard que je porte maintenant sur la situation a bien évolué, et c'est tant mieux. Et pour toi ? J'attends ta réponse, qui ne viendra probablement pas ; mais nous nous connaissons mieux, n'est-ce pas ?

Que l'on m'autorise, à l'issue de cet écrit mineur, à citer l'apostrophe d'Albert Cohen : « Oh vous, frères humains ! » ?

Quel rapport avec mes pitreries ? Faut-il encore se poser la question ?

L'aventure de l'écriture... Oui, j'y reviendrai...

TROISIÈME PARTIE

HASARD

Elle était en grande discussion avec le marchand lorsque je la rencontrai pour la première fois. Ce qu'elle voulait n'était pas ordinaire ; elle cherchait le dernier modèle d'un appareil nommé phasemètre, ce qui n'était pas évident à trouver, même dans une ville comme Toulouse. Sans vouloir être indiscret, je compris, de l'échange des propos, qu'elle préparait un travail sur la Phénoménologie de la perception, d'après l'œuvre philosophique de Merleau-Ponty, et pour ce faire, avait absolument besoin de ce phasemètre.

Je ne voyais pas trop le lien entre le sujet et cet instrument, mais il est vrai que ce n'était pas ma spécialité. Je me trouvais là, dans ce magasin de la rue du rempart St-Etienne, pour chiner, et à la recherche de quelques vieux timbres. Au gré de mes découvertes, je complétais ainsi mon album.

Comment et pourquoi nous sommes-nous retrouvés à la terrasse d'un café de la place St Georges ?

Contre le versement d'arrhes important, le marchand avait accepté de prendre la commande du phasemètre à l'adresse qu'elle lui avait indiquée ; puis elle s'était approchée de moi alors que je contemplais une planche de timbres consacrés à la conquête spatiale.

- Vous vous intéressez à la lune ?

J'avais sous les yeux une série de vignettes qui représentaient les différentes phases de la lune ; nouvelle lune, premier quartier, pleine lune et dernier quartier.

J'acquiesçai donc à sa question, mais sur un ton très posé, presque imperceptible. Mon léger hochement de tête se remarqua davantage que ne s'entendit ma réponse verbale. D'abord, j'étais un homme très timide, et même si j'avais manifesté par mon regard mon attention pour cette jeune femme, jamais je n'aurais osé l'aborder dans ce magasin, au gré de cette rencontre fortuite ; ensuite, c'était, visiblement, une intellectuelle de haut niveau. Je ne connaissais absolument rien au phasemètre, à la phénoménologie et à toutes ces choses auxquelles elle semblait s'intéresser et je ne voyais pas, a priori, ce que j'aurais pu lui apporter. Bref, j'avais simplement relevé qu'elle était jolie et intelligente, mais sans vouloir plus. J'étais certain, en plus, qu'elle n'avait aucun goût pour la philatélie. Je me trompais, bien entendu, et le souci de la vérité me conduit à rappeler que ce fut elle qui eut l'intuition du hasard heureux de notre rencontre.

Nous quittâmes ensemble le magasin, et dirigeâmes nos pas vers l'estaminet que nous connaissions tous les deux, car elle était, elle aussi, toulousaine. Sur le chemin, nous croisâmes l'une de mes connaissances et je ressentis une puérile fierté à marcher à côté de cette femme pleine de charme, donc très valorisante pour celui qui l'accompagnait. Ce n'était pas une fée, non, plutôt une sorcière. Jeune et sympathique, un physique agréable, épanoui mais sans ostentation, une démarche souple et féminine, beaucoup de force mais également de grâce. Ses yeux la reflétaient ; il se passait beaucoup de choses dans sa tête, mais son regard restait toujours étonnamment tendre.

Je n'étais plus du genre à me passionner pour une femme sur un coup de tête, surtout depuis que j'avais découvert la philatélie ; mais sans mentir, elle me faisait une sacrée impression. Était-ce réciproque ? Je ne pouvais évidemment pas le deviner. Tout au plus pouvais-je me satisfaire de cette imminente discussion prolongée à la terrasse d'un café.

Elle marchait assez vite. Je tournai la tête vers elle et vis qu'elle pinçait légèrement les lèvres, ce qui produisait à la fois un sourire enjôleur et la marque d'une ébullition cérébrale permanente, élément certainement de son charme remarquable.

Nous nous attablâmes, commandâmes un lait fraise pour elle, un café pour moi, et reprîmes notre discussion sur la lune en plein soleil. Le courant passait bien entre nous et cette complicité immédiate était riche de perspectives.

Elle en savait beaucoup plus que moi sur l'astronomie, ce qui était normal puisqu'elle travaillait dans un laboratoire toulousain du Centre National d'Études Spatiales, à Rangueil. Cependant, sur la même longueur d'onde, il ne nous restait plus qu'à mener l'émulsion à son terme par la quête d'un objet commun ; et je dois dire que ce fut moi qui eus l'idée qui allait pérenniser notre harmonie.

ooo

Le soleil printanier qui réchauffait la place invitait à la rêverie, rêverie rendue beaucoup plus agréable par la présence réelle de cette jolie femme.

Le premier, donc, je parlai du hasard pour évoquer notre rencontre ; le mot parut la frapper comme un rayon dans l'œil. Elle se pencha vers moi et déclara, avec cette jolie voix légèrement rauque qui ajoutait à son charme :
- C'est très important, ce que tu viens de dire.

Je ne compris pas, tout d'abord, le sens de sa remarque. Certes, je me réjouissais du caractère aléatoire de ces instants passés ensemble, mais n'y accordais pas plus d'importance que nécessaire ; c'était une offrande de la vie, tout simplement, pas de quoi fouetter un chat. Elle insista :
- Si, c'est très important. Pourquoi avons-nous cherché au même endroit, au même moment, tes timbres et mon phasemètre ?

Je pensai in petto que cette femme était une véritable intellectuelle, et qu'elle cherchait à justifier notre amitié naissante par des raisons légitimes ; elle ne savait pas prendre les choses comme elles venaient, et se compliquait la vie.

Je ne la connaissais pas encore suffisamment pour deviner que j'avais déclenché chez elle l'immense et complexe machinerie de son cerveau, et que rien ne pourrait l'arrêter ; en outre, je faisais partie intégrante de la stratégie qu'elle avait initiée.
Pour l'heure, je ne voyais qu'une jeune femme, plaisante et agréable, qui rebondissait sur l'une de mes réflexions pour prolonger une discussion. En ce qui me concernait, je ne voyais pas l'utilité de nous interroger sur le hasard de notre rencontre. Des millions de femmes et d'hommes se rencontraient ainsi chaque jour, allaient ou non ensemble au café, devenaient ou non amis, des amis ou des amants. Rien d'exceptionnel donc, sinon cette femme, j'allais m'en rendre compte.
Elle parut tout à coup agitée d'une sorte de fébrilité intérieure que j'attribuai à son tempérament de chercheuse scientifique. Après quelques secondes de silence, elle reprit la parole ; elle avait vraiment une voix formidable, très musicale et chaleureuse, femme fatale :
- Tu vois, je m'aperçois que je me suis toujours interrogée sur le hasard.
- C'est une bonne question, répondis-je.
- Non, écoute-moi, je suis sérieuse, c'est essentiel. J'avais besoin de me lancer dans une quête, je ne savais pas exactement laquelle, et tu viens, sans doute involontairement, de m'en donner le sens. Je vais chercher à comprendre le hasard.
- Je ne saisis pas très bien. Vas-tu mener une recherche professionnelle sur ce thème ?

- Non, non, cela n'a rien à voir. Je vais essayer, à mes heures perdues, d'expliquer le hasard... Comme ça, d'une façon totalement libre. Je dois reconnaître que j'eus un instant de doute quant à son équilibre psychique : un phasemètre et le hasard chez une même personne, cela faisait peut-être beaucoup. Je la regardai droit dans les yeux, mais ce que j'y lus me rassura, elle savait ce qu'elle faisait.
- Comment vas-tu t'y prendre ? lui demandai-je alors.
- Je ne sais pas encore, laisse-moi le temps ; mais il serait bon que tu m'aides. D'abord, ce serait normal, puisque tu es à l'origine de cette révélation presque mystique ; ensuite, j'ai besoin de toi et de ton tempérament rationnel ; enfin, cela nous donnera un bon prétexte pour nous revoir : tu m'es très sympathique et je pense que nous pourrons devenir amis.

C'était logique et bien planifié, elle ne laissait rien au hasard.

ooo

Son idée était excellente, j'en convenais ; mais comment allions-nous procéder dans cette recherche un peu particulière ?

Elle prit la direction des opérations, ce qui ne me gênait pas, au contraire. Elle sortit une feuille de papier et un stylo de son sac à main et, d'une écriture que je trouvai élégante, traça en majuscules et séparées par un espace, les lettres du mot : H A S A R D.

Puis elle leva le papier devant mes yeux et me demanda ce que j'en pensais. Pas grand-chose, à vrai dire, dus-je convenir à part moi. Mais j'avais décidé de lui faire confiance et de la suivre dans ses pérégrinations, même si celles-ci pouvaient me sembler, au premier abord, curieuses.

Aussi, pour lui faire plaisir, je lus le mot écrit, à haute voix, puis essayai de trouver une réflexion qui me parut intelligente. En vain. Consciente de mon désarroi, elle vola immédiatement à ma rescousse :

- À mon avis, de ces six lettres, la plus importante est le S. Je te propose donc, pour commencer, que nous prenions chacun trois lettres, et que nous les étudiions séparément ; nous nous reverrons ensuite pour faire le point. Lesquelles préfères-tu ?
- Les trois dernières, répondis-je à tout hasard.
- Tu les prends donc dans l'ordre. Soit. Nous avons chacun un A, tu as le R et le D, et moi le H et le S. Nos explications se couperont et se compléteront, ce sera passionnant. Combien de temps te faut-il pour étudier ces trois lettres ?

Je pensai, dans mon évidente simplicité, qu'elle me demandait quand je voudrais la revoir... Trois jours me semblèrent donc amplement suffisants : une lettre par jour, et un délai assez bref pour ne pas laisser s'estomper le charme de cette première rencontre. Tout

était dit pour l'instant, et nous nous séparâmes joyeusement en nous serrant la main, tels deux vieux amis, sans omettre de nous donner rendez-vous au même endroit et à la même heure. Je la regardai s'éloigner par la rue Saint Antoine du T. avec une infinie affection pour cet humour sophistiqué. Oh, certainement, quelqu'un d'autre à ma place n'aurait pas goûté l'étonnante virtuosité de cette femme dans sa manière de créer une complicité avec un inconnu ; mais moi, je m'en satisfaisais absolument. Cette originalité n'était pas pour me déplaire et le chemin qu'elle me traçait ne me faisait pas peur.
Je réalisai que je ne connaissais ni son prénom ni son numéro de téléphone. Quelque chose, pourtant, me disait que nous étions déjà devenus de très grands amis.

ooo

Les trois jours de réflexion que j'avais moi-même fixés et qui me semblaient a priori, fort courts, furent, en réalité, bien assez longs ; ce qui confirma le bien-fondé de mon opinion : cette quête sur le sens du hasard devait être menée en commun et non sur des chemins parallèles.
Mais comme il fallait bien commencer d'une façon ou d'une autre, et qu'elle souhaitait qu'il en soit ainsi, je cédai à son desiderata. J'oubliai donc pour quelque temps la troublante impression qu'avait produite sur moi cette charmante sorcière, et me rendis dans le

temple obligé du savoir livresque qu'était la Bibliothèque municipale de la rue du Périgord. À vrai dire, j'aurais pu mener ces premières recherches chez moi, à l'aide des ouvrages que je possédais - dictionnaires et encyclopédies -, mais je ne souhaitais pas que mon épouse remarquât ce subit intérêt pour le hasard. Bien sûr, je n'avais rien à cacher, j'étais pur dans mes intentions, mais il me semblait que le défi que m'avait lancé ma nouvelle amie nécessitait une discrétion absolue, hors du temps et du regard quotidien. Certes, je m'enthousiasmais peut-être un peu trop et un peu trop vite, débridais mon imaginaire d'une façon trop excessive à la suite de cette première rencontre !... Après tout, à ce moment-là, je n'étais même pas certain de la revoir. Néanmoins, je décidai de suivre mon intuition, d'aller là où le cœur et l'esprit me menaient.

Le A, le R et le D, m'avait-elle dit. À une lettre près, j'obtenais la formule du désoxyribonucléique, mais là n'était pas l'objet ; je ne devais pas me disperser. Le A me fit songer à l'amour, le R au Rê égyptien ou au Ré musical, le D à la délicatesse. Pourquoi ? Je décidai d'aller plus loin, et s'il se révélait impossible de faire un recensement exhaustif des mots et des sens liés à chacune de ces trois lettres, je réussis cependant à réunir, à l'aide de mon ordinateur, une somme tout à fait conséquente de données, puisque le résultat imprimé avoisinait les sept kilogrammes.

Je remerciai chaleureusement mes amis bibliothécaires, qui m'avaient permis d'accéder à leur établissement en dehors des heures d'ouverture, et regagnai mon domicile.

Je devais maintenant mettre un peu d'ordre dans cette quantité presque infinie, et à la limite, ce fut le travail le plus long, voire le plus difficile. Comment rendre présentable cette masse documentaire qui, si elle révélait indéniablement ma bonne volonté, devait aussi apporter quelque chose de constructif et de progressiste pour l'objectif que nous nous étions conjointement fixé ?

Là encore, mon Macintosh fut un assistant extrêmement précieux et utile. Au terme de trois nuits pratiquement blanches - je volais à mon sommeil les heures nécessaires à cette mise en œuvre, empêché que j'en étais le jour, par les contraintes de la vie quotidienne -, je réussis enfin à sortir de mon imprimante le fruit de ce travail. Encore étourdi par la concentration accumulée, il me restait désormais à espérer qu'elle apprécierait ce que j'avais réalisé... et découvrir le résultat de ses recherches à elle.

Le jour J, je me dirigeai d'un pas alerte vers la place St Georges, mon cartable à la main. J'étais à la fois assez content de moi, plus exactement des papiers que je transportais, et très heureux de la revoir.

ooo

Elle était déjà là, assise à une table. C'était donc elle qui m'attendait, ce qui lui ressemblait. Je m'avançai vers elle, à la fois souriant et un peu gauche, repris par cette timidité structurale, et avec l'impression amplifiée que j'allais passer un examen. Il n'en fut rien, bien entendu. Elle m'embrassa à trois reprises sur les joues, avec beaucoup de naturel, me mettant ainsi très à l'aise, et renouant avec notre prime complicité. Cela étant, elle ne perdit pas de temps en palabres superficielles et entra immédiatement dans le cœur du sujet en demandant à voir ce que j'avais fait. Je sortis de mon cartable la liasse de papiers soigneusement ordonnancés et agrafés, et la posai devant elle. Sûr de moi, mon cœur ne battait pas la chamade, mais j'étais tout de même impatient de connaître sa réaction.
Elle ne se fit pas attendre :
- Intéressant, mais ennuyeux, déclara-t-elle franchement. J'eus réellement l'impression de dégringoler. Elle s'en aperçut et tenta d'atténuer le déplorable effet de ce jugement trop péremptoire :
- Cela étant, j'apprécie beaucoup ce… cette approche systématique et globalisante. C'est remarquable, surtout en si peu de temps. Une bonne base, qui nous sera très utile.

Elle lut dans mon regard que j'avais assez mal encaissé le coup. Sincèrement désolée, et réalisant que derrière mon apparence de philatéliste épais et consciencieux, je pouvais être un homme sensible, elle déplaça le sujet de

notre conversation en me demandant ce que je désirais boire. D'un geste autoritaire, elle héla le serveur afin qu'il vînt prendre notre commande. Puis elle sourit :
- Je suis un peu injuste de te parler de cette manière. Après tout, tu ne me dois rien. Je te remercie de ce que tu as fait. Veux-tu continuer ?
- Tout à fait ! m'exclamai-je d'une voix que, curieusement, je trouvai enfantine. Elle ouvrit son agenda sur lequel elle avait noté ses premières conclusions, et lut :
- Le H me fait penser à une figure géométrique, le A est la première lettre de l'alphabet et le S sent le soufre - ce qui n'a rien d'inquiétant car c'est un très bon produit qui s'allie à presque tout et qui existe depuis l'Antiquité. En fait, tout cela n'a pas beaucoup de sens. Nous nous sommes amusés à faire des jeux de correspondances, ce qui est une très bonne entrée en matière. La mienne est beaucoup plus synthétique que la tienne, mais le résultat est très proche. Et puisque tu es d'accord pour continuer, je te propose ceci...

Elle sortit un dé de sa poche et le fit rouler d'un mouvement vif sur la table circulaire. Le dé tourna sur lui-même, rebondit contre ma tasse blanche, puis se stabilisa sur l'une de ses faces.
Je regardai mon amie : où voulait-elle en venir ? Son explication pédagogique était, certes, intéressante, mais alors qu'elle avait fait la moue devant mon document peaufiné, je ne comprenais pas pourquoi elle m'offrait

cette illustration pratique de l'aphorisme mallarméen. Elle ressentit mon interrogation - c'était une femme très attentive à ce que pouvait penser l'autre -, reprit le dé et, à mon grand étonnement, le dévissa : le cube se sépara et j'aperçus, à l'intérieur, un minuscule bout de papier soigneusement plié. Elle me regarda d'un air malicieux, puis attrapa doucement le papier qu'elle déplia ; c'était un plan du vieux Toulouse, ce qui devenait plus intéressant.
- J'ai trouvé ce dé hier, chez un vieil antiquaire du centre-ville, me dit-elle. Figure-toi qu'il date du XVIIIe siècle et a appartenu à un astronome toulousain qui a essayé de démontrer pendant les nombreuses années de sa riche existence, la corrélation absolue entre la disposition des rues de la ville et celle des étoiles dans le ciel. Le plan que tu vois là est l'une des transcriptions de ses recherches. Cet homme, fort intelligent et en avance sur son temps - même s'il vivait au siècle des Lumières - a tenu à l'introduire dans un dé spécialement aménagé à cet effet. Bref, cet astronome toulousain a réfléchi sur le hasard. Qu'en penses-tu ?
- Cela ouvre des perspectives, répondis-je. Mais depuis le XVIIIe siècle se sont produits beaucoup d'événements sous le soleil ; tu es bien placée pour le savoir. Résumons avec cet astronome, l'univers et l'homme à un hasard quantifiable mathématiquement, et posons-nous alors la question : qui jette le dé ?

- Eh bien, c'est moi, évidemment, rétorqua-t-elle d'un ton joyeux.

Sorcière ou déesse, qu'était-elle vraiment ?

ooo

Oui, sorcière ou déesse ?
La première fois que j'avais pensé à elle en termes de sorcière, j'avais fait une association d'idées avec cette adorable héroïne d'un feuilleton télévisé qui fait rire les enfants et charme les parents ; ce lien initial provenait davantage de son physique que de son esprit, car sa vive intelligence devait plus à la force et à la justesse de ses raisonnements qu'à une hypothétique capacité magique.
Le lancement de dé qu'elle venait d'effectuer sous mes yeux prolongeait cependant cette symbolique féerique, puisque sa capacité affirmée à maîtriser le hasard entrait dans le cadre de notre réflexion ; bien évidemment, je ne prenais pas au premier degré le fait que, tenant le dé au creux de sa jolie menotte, elle avait mon sort entre ses mains. J'avais compris le sens humoristique de son propos ; cela étant, je commençais à bien la comprendre et la connaître, et cherchais par conséquent à saisir ce qu'elle me signifiait.
Sorcière, devineresse, cartomancienne, astrologue, pythie, vol des oiseaux dans le ciel, quel serait notre avenir ? Que pesait ma rationalité technicienne face à

cette interrogation humaine ? Par exemple, elle et moi, où en serions-nous dans dix ans ? Et dans trente ans ?
Peur de l'avenir et de la mort.
Il ne fallait cependant pas devenir tragique. Je m'étais intéressé, quelques années plus tôt, à la sorcellerie au Pays basque : une sorcière, à cheval sur son balai, qui vole dans le ciel étoilé, passe devant une lune blanche et atterrit dans un grand cercle dessiné dans la clairière d'une forêt mystérieuse, pour y célébrer un sabbat dionysiaque... Liberté, excessive peut-être, mais liberté tout de même, à ne pas négliger. Et puisque je rattachais, quelque part, mon amie à la chaîne des sorcières - ce qui, à mon sens, n'avait absolument rien de péjoratif -, je poussai l'idée et lui proposai d'aller interroger une professionnelle du hasard. Si elle fut étonnée de ma suggestion, car il était visible que je n'étais pas un grand lecteur d'horoscopes, elle ne la trouva pas sotte.
Nous n'eûmes aucune difficulté, à partir d'un journal de petites annonces, à dénicher l'adresse d'une voyante à proximité de notre café. Nous nous rendîmes de ce pas chez la dame et nous installâmes dans la salle d'attente de son cabinet de consultation. Bientôt, une porte s'ouvrit et nous fûmes invités à entrer dans un bureau.
J'étais, pour ma part, complètement indifférent, même si je contemplais le décor vaguement ésotérique. Elle, de son côté, semblait plus sensible à l'ambiance mystérieuse qui régnait en ces lieux. Certes, elle n'était pas du genre à croire aux prophéties, son

fonctionnement cérébral, renforcé encore par sa profession scientifique, le prouvait indubitablement ; mais sa sensibilité féminine était plus perméable que la mienne, c'était net.

Immédiatement, mon amie fit connaître le sens savant de notre démarche. Sa façon de faire fut d'ailleurs trop abrupte, puisque la voyante subodora alors chez nous, des arrière-pensées, imaginant sûrement que nous étions des journalistes venus faire une enquête dont il ressortirait un article caustique qui détruirait le crédit de la corporation.

Elle nous scruta de ses yeux fardés avant de consentir à nous livrer quelques appréciations sur son métier et sa clientèle, des personnes avides de savoir de quoi seraient faits leurs lendemains, et le pourquoi des heurs et malheurs de leur existence.

Apparaissait ainsi une relation très ordinaire envers le hasard, qui s'apparentait à une superstition peu satisfaisante sur le plan scientifique. Je demandai alors à la voyante si elle-même croyait véritablement à ce qu'elle faisait. Question inutile ; cette femme n'allait tout de même pas scier la branche sur laquelle elle était assise ! Elle me répondit, comme je m'y attendais, par l'affirmative. Elle appartenait à la confrérie des oracles, nous apprit-elle, dont l'histoire remontait à la nuit des temps.

Nous prîmes acte de cette déclaration, réglâmes la consultation et retrouvâmes le soleil de la rue de la Pomme, après une ultime prophétie de la dame, qui

nous promit à tous les deux un mariage heureux avec beaucoup d'enfants, comme si elle tenait absolument à donner une conclusion normale à notre entrevue.
- Je suis un peu déçue, me déclara mon amie.
- Moi aussi ! rétorquai-je, désireux de ne pas la contrarier.
- Tu m'invites à dîner ?

J'appelai immédiatement mon épouse sur mon téléphone portable, pour l'aviser de mon retard imprévu et à durée indéterminée ; puis nous remontâmes vers la place du Capitole, en marchant tranquillement dans les ruelles achalandées.

ooo

Notre repas fut agréable et scella notre amitié. Cette jeune femme était décidément charmante et intéressante, à tel point que je songeai, à un moment donné, que l'amitié pouvait bien se transformer en amour. Mais cette idée me quitta aussi vite qu'elle était née ; d'abord, j'en aimais une autre, et en vérité, ce n'était pas le sentiment qui correspondait à nos relations. Pourtant, j'étais très attachée à elle, et le hasard qui dirigeait nos pas communs était une excellente chose.
Ces agapes furent aussi une pause dans notre quête : nous avions déblayé le terrain, entrevu la dimension de l'aventure et choisi les bonnes orientations de nos

prochaines étapes. Tout allait bien, notre complicité s'étayait et se pérennisait ; en outre, j'appréciais fortement d'œuvrer en compagnie d'une femme de cette envergure.

Notre discussion, devenue momentanément badine, fut interrompue par une jeune musicienne en noir et blanc qui s'approcha de notre table et joua pour nous de son instrument à cordes.

- Alto, fis-je remarquer pour étaler mes minces connaissances musicales.
- C'est exact, me répondit Sylvie (elle se prénommait ainsi, je venais de l'apprendre). En chant, on dit haute-contre pour les hommes et contralto pour les femmes.

Nous écoutâmes la fin de la pièce musicale en silence puis, lorsque la musicienne s'éloigna vers d'autres convives, Sylvie se pencha vers moi :
- Ce plaisant intermède me ramène à notre recherche : si nous nous intéressions au hasard en musique ? A priori, la composition supprime le hasard par l'agencement des notes de la partition ; mais je crois me souvenir qu'un artiste avait essayé de jouer le hasard... Qu'en penses-tu ?

Je pensais que cette fois-ci, je savais : il s'agissait de John Cage qui, s'inspirant d'une antique méthode chinoise, tirait les notes de musique au hasard et était allé, lors d'un concert, jusqu'à représenter le silence, l'aléatoire étant les bruits produits par la foule des spectateurs pendant ces quatre minutes trente-trois secondes de musique virtuelle.

Pour compléter notre puzzle abstrait, je fis part à mon amie de cette information. Je sentis à son regard chaleureux qu'elle m'en était reconnaissante.

- Nous en reparlerons, me promit-elle. Il se fait tard et je dois rentrer. J'ai passé une délicieuse soirée en ta compagnie.

Ce genre d'appréciation est toujours agréable à entendre, surtout lorsqu'il émane d'une jolie femme comme Sylvie. J'étais tout sauf phallocrate, mais cela ne m'empêchait pas de goûter à sa juste valeur le miel féminin.

Nous quittâmes le restaurant et je la raccompagnai chez elle. Elle habitait à trois rues de chez moi, au centre-ville de Toulouse, dont la vie nocturne est aussi plaisante qu'animée. Elle me salua avec beaucoup de douceur et, sous le charme, je rebroussai chemin.

Je ne savais rien de sa vie mais je m'en moquais puisqu'aujourd'hui j'en faisais en quelque sorte, partie. Nous avions prévu de nous revoir le surlendemain soir, pour découvrir ensemble les méandres d'un labyrinthe, et cette promesse qui serait tenue suffisait à me combler.

Après cette phase merveilleuse que m'avait offerte Sylvie, j'employai les deux journées suivantes à rattraper le cours d'une vie ordinaire. La vie moderne ne laissait pas grand-chose au hasard. La dictature des chiffres, qu'ils fussent bancaires, téléphoniques ou codeurs, nécessitait une attention quasi-permanente qui, si elle n'était pas très agréable, était impérative pour ne pas perdre pied dans notre société. Je n'appréciais pas tous ces chiffres ; ils m'ennuyaient et me semblaient vains, mais comment faire autrement ? Et même un sujet gratuit comme le hasard, qui nous faisait rêver, Sylvie et moi, depuis quelque temps, n'échappait pas à ce syndrome lorsqu'il abordait la question statistique. Bref, je faisais avec, un peu comme un vaillant fantassin qui traverse à pas précautionneux un terrain miné, mais au fond de moi, j'avoue que j'attendais avec beaucoup d'impatience de renouer le fil avec mon amie.

Heureusement, elle se manifesta le second jour, en m'appelant sur mon téléphone portable pour me confirmer notre rendez-vous, sur les allées Jules Guesde, du côté du Grand-Rond, en début de soirée. « Sous l'abribus », me précisa-t-elle. Ainsi, nous étions certains de nous rejoindre malgré la foule qui se rendrait ce soir-là à la fête foraine.

Nous avions choisi ces festivités car nous savions y trouver un labyrinthe dans l'un des nombreux baraquements des attractions proposées.

Je connaissais le forain où j'emmenai Sylvie. C'était un vieux gitan et, chaque année, lors de son passage à Toulouse, nous déjeunions rituellement ensemble. Rencontre fraternelle entre l'homme du voyage et l'homme du Sud-Ouest, nous étions de vrais amis.

Je lui présentai Sylvie. Il parut la trouver jolie mais ne fit heureusement aucun commentaire. Puis il nous laissa entrer dans son labyrinthe, attraction classique inspirée de la légende du Minotaure, avec fil d'Ariane, tunnels pentus et miroirs compliqués. Elle me suivait, heureuse et riant comme une jeune fille. Peut-être avait-elle besoin d'en passer par là avec moi.
Craignait-elle de se perdre ? Non, je pense qu'elle avait complètement confiance, ce en quoi elle avait d'ailleurs raison.
Au terme de cet effet tunnel, nous retrouvâmes la sortie et le soleil couchant de cette soirée toulousaine. Sylvie s'étira en passant ses mains dans sa chevelure, me sourit puis décida de s'offrir une barbe à papa. Elle s'amusait beaucoup et c'était le principal. Néanmoins, malgré ce qui semblait être des chemins de traverse, notre thèse commune sur le hasard progressait, je le sentais bien. Lorsqu'elle eût terminé sa gourmandise, elle me proposa de venir chez elle. Nous marchâmes en devisant gaiement et arrivâmes très vite devant son immeuble. Elle me fit entrer dans son appartement, plus précisément dans la pièce qui lui servait de bureau, et alluma son ordinateur. Elle ouvrit un logiciel et je me retrouvai visuellement dans un nouveau labyrinthe, apparemment d'inspiration égyptienne : il s'agissait de l'un de ces jeux informatiques, à la mode. Elle me confia qu'elle adorait ces escapades virtuelles qui lui changeaient les idées lorsqu'elle en avait assez de se concentrer sur ses recherches scientifiques.

- Cela étant, ajouta-t-elle d'un ton extrêmement sérieux, je n'oublierai jamais le labyrinthe que j'ai découvert avec toi. Je t'en suis très reconnaissante.

Je savais déjà que c'était une femme sincère, et qu'elle ne parlait jamais à la légère.

ooo

Le lendemain, nous étions tous les deux malades ! Quel clergé avions-nous dérangé pour qu'un tel hasard, malheureux et concomitant, nous frappât ainsi ? Nous avions laissé des traces de notre recherche à la bibliothèque, chez la voyante...
Ma poussée subite, et heureusement brève, de paranoïa était due à la violente fièvre qui embrouillait mes esprits. Sylvie avait exactement les mêmes symptômes. Nous fûmes, l'un et l'autre, hospitalisés à Purpan - puisque nous dépendions géographiquement de cet hôpital. Le médecin nous rassura très rapidement par son diagnostic : un virus virulent mais anodin, probablement d'origine alimentaire ; ce n'était rien.
L'apaisant docteur décida cependant de nous garder une journée en observation dans son service, et nous obtînmes d'être placés dans la même chambre (la n° 933, si cela avait une quelconque importance).
Si Sylvie était de bonne humeur, j'étais moins satisfait de la situation. Nous étions en pleine période électorale, et pour chasser ma contrariété, je me plongeai dans le

journal *la Dépêche du Midi*, tandis qu'à la radio était diffusée une chanson de Bernard Lavilliers. Mais mon amie ne l'entendit pas de cette oreille et vint très vite perturber ma lecture réparatrice. Elle se leva de son lit et vint à mon chevet. Involontairement, j'aperçus par l'échancrure de son pyjama hospitalier, la rondeur d'un sein.
- Puisque nous sommes là jusqu'à demain, déclara-t-elle, nous allons faire le point sur le hasard en Médecine. C'est une bonne idée, non ?
- Tout à fait, répondis-je alors que je ne le pensais pas vraiment.

Je ne lui mentais pas, je m'adaptais à son énergie vivifiante alors que j'eusse préféré en réalité, une attitude plus reposante. Mais je m'étais engagé, il fallait donc assumer.
Elle tira sur la chevillette qui pendait le long de mon drap et très vite arriva une infirmière. Sylvie lui expliqua qu'en raison de notre séjour durable dans cette chambre, nous aurions aimé rencontrer un Carabin en mesure de nous expliquer ce qu'était le hasard à l'aune médicale.
En principe, les infirmières ont une certaine idée de la réaction à adopter face à une situation. Celle-ci, sans faire exception à la règle, partit vaillamment à la recherche d'une blouse blanche capable de répondre à notre demande.

Nous vîmes bientôt entrer un jeune interne qui semblait aussi aimable qu'embarrassé. Par sa faconde, Sylvie le mit tout de suite à l'aise, et je remarquai, avec un certain déplaisir, que notre hôte pouvait contempler sans aucune difficulté, s'il le désirait, les jolies jambes de mon amie.

Ce jeune médecin, cultivé, donna très vite un tour passionnant à notre discussion. Il était à noter que le hasard avait joué un rôle incontestable dans la recherche médicale - il suffisait de prendre le célèbre exemple de la découverte de la pénicilline. Cette profession rencontrait souvent le hasard dans son quotidien curatif, c'était même une donnée incontournable ; certes, beaucoup de maladies pouvaient s'expliquer et surtout se prévoir. Là aussi, les statistiques et les probabilités avaient considérablement réduit la marge de manœuvre du hasard. Mais fondamentalement, le plus grand des Médecins ne pouvait pas expliquer pourquoi un individu serait ou ne serait pas malade. La vie restait un grand mystère et, à part la psychanalyse qui, par vocation, chassait le hasard en faveur de l'inconscient, la médecine moderne s'orientait par l'infiniment petit, dans le sens moléculaire, afin d'essayer de comprendre les dérèglements du corps humain.

Pour résumer, nous fonctionnions, physiquement, d'une façon bien déterminée ; cependant, dans l'évolution de tout cela intervenait une part de hasard.

Je repris un cachet d'aspirine tandis que Sylvie remerciait chaleureusement l'interne de ses explications pédagogiques.
- Ne sois pas si bougon, me dit-elle lorsqu'il fut sorti de notre chambre. Nous avançons.

Nous avancions, peut-être, mais je me sentais aussi las qu'un vieil homme quand nous quittâmes l'hôpital. En regardant Sylvie dévaler joyeusement les marches de l'escalier, je m'interrogeai sur son âge : vingt, trente, quarante ans ?
Elle s'aperçut de mon vague à l'âme.
Je lui expliquai que je devais passer chez moi, que mon épouse risquait de s'inquiéter. Elle jugea cela tout à fait légitime et me répondit qu'en attendant mon retour, elle préparerait de nouvelles pistes.
- Et ne sois pas triste ! ajouta-t-elle, tu n'as aucune raison de te sentir découragé.

On pouvait voir les choses ainsi ; il n'en était pas moins vrai que cette quête du hasard était harassante.

ooo

Je songeais, en me rendant chez elle, qu'il me fallait réagir : mine de rien, elle m'avait qualifié de chercheur ennuyeux, de malade triste et bougon, et de coéquipier découragé... Cela faisait beaucoup et au bout du compte, je me demandais quel charme je pouvais avoir

à ses yeux. Finalement, c'était elle qui, par son tempérament enjoué et sa grâce féminine, me portait.
J'éprouvai un choc agréable lorsqu'elle m'ouvrit la porte de son appartement. Elle était vêtue d'une robe légère, un décolleté frais avec des bretelles, qui mettait en valeur ses jolies épaules et sa poitrine charnue. Elle m'accueillit avec un sourire, me demanda si j'étais toujours aussi hypocondriaque - remarque que j'ajoutai aussitôt à la liste de ses reproches amicaux et positifs. Puis elle m'invita à m'asseoir dans le fauteuil qui trônait au centre de son bureau pendant qu'elle allait me servir un verre de jus d'orange.
- Je suppose que tu aimes Mozart, dit-elle en se dirigeant vers sa chaîne stéréophonique, posée sur de belles étagères en if.

Mozart, les Beatles et Jacques Brel, cela était évident.
- J'ai approfondi la question du hasard musical, poursuivit-elle en appuyant sur les boutons qui déclenchaient la platine laser. Tu connais *La flûte enchantée* ? Qui ne connaissait pas cet opéra maçonnique ?
- Très bien. Écoutons par exemple la plage numéro 11.

La musique retentit presque immédiatement ; le son était excellent.
Sylvie laissa la musique envahir la pièce et nos oreilles pendant quelques minutes, puis arrêta le disque et mit en marche une cassette, en m'expliquant :

- J'ai reconstitué d'une façon aléatoire la partition écrite par Mozart, et l'ai enregistrée sur cette cassette. Je te précise que l'idée n'est pas de moi, d'autres l'ont déjà fait. Techniquement, cela ne pose aucun problème, surtout avec les méthodes modernes de transcription numérique : écoute le résultat.

Le son qui jaillit alors n'avait effectivement rien à voir avec l'opéra mozartien. C'était autre chose et pourtant, quelque part, subsistait une ressemblance.
- Intéressant, consentis-je.
- N'est-ce pas ? Voilà de quoi remettre en cause toute la législation concernant les droits d'auteur. Et imagine un procédé similaire en littérature... Les poèmes de Jacques Prévert recomposés de façon aléatoire, avec simplement le respect de l'orthographe ; et encore pourrait-on imaginer une nouvelle écriture, puisque le dictionnaire n'est finalement qu'un recueil de conventions ! Oui, moi, quelque part, je trouve que le hasard peut être une source de grand désordre.
- Voire de chaos, ajoutai-je.
- Tout à fait ! s'exclama-t-elle.

Sylvie en était donc déjà au stade de la déstructuration de la musique et du langage en général. Pour ma part, je m'interrogeais sur ma capacité à être son Tamino. Je lui en fis la confidence.
Elle eut la gentillesse de sourire :

- Tamino, domino, tu as raison, il faut rebondir.
D'un tiroir, elle sortit un jeu de dominos qu'elle étala sur une table ; je m'approchai alors qu'elle retournait les pièces noires et blanches du jeu de société, et l'interrogeai :
- Où cela va-t-il nous mener ?
- Je n'en sais rien, me répondit-elle. Quelle importance, au fond ? Le hasard a-t-il un sens ? Nous jouons ensemble et c'est bien. Que désirer de plus ?

Elle avait raison ; je me posais des questions inutiles.

ooo

La boule blanche qu'elle avait lancée avait cessé de tourner, et s'était arrêtée là où elle en avait envie. Sylvie battit des mains. Je me trouvais à ses côtés et son parfum vint chatouiller mes narines.
À l'aide de son râteau mécanique, le croupier poussa quelques jetons devant nous. Sylvie reprit la boule pour un nouvel essai. Il aurait fallu pour bien faire, au lieu de s'en remettre au hasard, calculer très précisément les probabilités de gain. Mais je ne me sentais pas la force, ce soir-là, d'élaborer une martingale infaillible.
En nous dirigeant vers le bar pour consommer notre victoire, je donnai un coup d'épaule à un type qui avait regardé mon amie d'une façon qui m'avait déplu. Nous nous assîmes sur les hauts tabourets et commandâmes du champagne, boisson de luxe par ces temps de crise

économique, mais que nous pouvions exceptionnellement nous offrir puisque nous étions des joueurs chanceux.
Sylvie s'était vêtue de façon très chic. Je la trouvais resplendissante et elle était, incontestablement, la plus jolie femme du casino de Luchon.
Elle n'était pourtant ni snob ni prétentieuse - ses idées l'avaient d'ailleurs menée à être l'une des déléguées syndicales les plus actives du Centre d'Études Spatiales de Toulouse ; simplement, ce soir, à l'occasion de cette sortie ludique que nous avions décidée pour étudier le hasard et le jeu, elle avait eu envie de se faire belle. Moi, j'étais comme d'habitude, fidèle à moi-même, et elle ne m'en demandait pas davantage, semblait-il.
Quant au jeu proprement dit, Sylvie comme moi n'étions guère convaincus. Nos flûtes vidées, nous quittâmes le casino et regagnâmes Toulouse pour nous promener sur les quais de la Garonne.

ooo

Ce matin-là, je devais me rendre à la mairie de mon quartier afin de récupérer ma nouvelle carte d'identité informatisée.
Tandis que la préposée cherchait dans ses registres, je réfléchis qu'il était plus facile pour moi que pour un immigré d'obtenir ce document administratif, mais également que cette informatisation posait quelques problèmes.

J'avais lu dans un journal hebdomadaire que l'Administration pétainiste et l'occupant nazi, pendant la Seconde Guerre Mondiale, avaient imposé le port de l'étoile jaune à la population juive française dès l'âge de six ans ! Cela m'avait profondément choqué. La contrainte distinctive par elle-même, bien entendu, était déjà insupportable, mais que cette mesure révoltante ait été imposée à des enfants, était carrément infâme !

Or, de nos jours, avec des procédés performants comme l'outil informatique, cette leçon de l'Histoire prenait de graves proportions : la mémoire minérale et ineffaçable d'un ordinateur était aussi bénéfique qu'elle pouvait être dangereuse. Bénéfique par la facilité qu'elle offrait à son utilisateur, dangereuse par ses conséquences sur l'humanité si ce même utilisateur en faisait mauvais usage. Entre les mains d'une Police d'un pouvoir fasciste, nous aurions du souci à nous faire, car le hasard et les libertés seraient alors grandement menacés.

Tout en signant le registre que me tendait l'aimable employée de mairie, avant de me donner ma carte d'identité, je me rappelai un vieil ami, résistant gaulliste qui avait été arrêté et déporté dans les camps allemands, et qui avait eu la vie sauve grâce au hasard : son geôlier, pour des raisons inconnues, ne l'avait pas tué alors qu'il était prévu qu'il le soit. Geste d'humanité incompréhensible, positif bien sûr, mais mystérieux ;

une goutte d'eau par rapport au nombre des victimes de l'époque, mais un signe que le bien restait possible, même où il paraissait le plus inattendu. Dans ce choix aléatoire et illogique, il y avait matière à profonde réflexion : les effets bénéfiques et humains du hasard.

Puisque le bien et le mal n'existaient pas en tant que tels et qu'ils résultaient toujours d'un choix, je me demandais ce que nous allions devenir.

Sylvie et moi étions attablés à la terrasse d'un café de la place du Parlement. Les chaleurs estivales étaient arrivées, Toulouse était splendide.

Je fis part de mes réflexions du moment à mon amie et lui demandai si elle pensait toujours que je me posais des interrogations inutiles.

- Oui, me répondit-elle d'un ton ferme. Oui et non. Tout dépend du contexte dans lequel tu te places. Au fond, tu as raison, et tu le sais bien ; mais moi, j'ai envie que tu me fasses rire.

Je trouvai, dans cette réponse, la confirmation de mon opinion d'une humanité plutôt féminine.

Avec une feuille de papier, je me confectionnai un grand nez et lui récitai quelques vers de Cyrano, la dernière scène, alors qu'il avait déjà reçu sur le crâne une pièce de bois. Je pensais sincèrement l'amuser par ce clin d'œil littéraire, mais elle parut au contraire, peu apprécier l'esquive. Confus et profondément respectueux, je lui rappelai que nos amours étaient impossibles, et que le hasard heureux de notre recherche couplée n'avait aucun sens dans le temps,

sinon celui d'être agréable et de nous faire plaisir.
J'avais visé juste.
Elle prit un air buté. Le visage fermé, elle appela le serveur, régla nos consommations, puis me prit par la main et m'entraîna dans la rue des renforts. Nous parvînmes très vite sur le quai de Tounis. L'ombre des arbres était fraîche. Appuyés contre le parapet, nous contemplâmes notre reflet lointain dans les eaux de la Garonne, ce qui n'était pas évident car nous nous trouvions beaucoup plus haut que le niveau du fleuve.
- J'ai le sens de l'humour, me dit-elle enfin. Et si tu m'as rencontrée, c'est parce que je suis une femme libre.

J'approuvai cet auto jugement.
- Et d'ailleurs, poursuivit-elle, tu m'as appréciée pour toutes ces qualités, et tu ne m'as pas suivie par hasard.
- C'est exact, répondis-je. Alors, je pense que nous allons continuer. Sylvie fut visiblement satisfaite de ma décision ; la force et le sourire réapparurent chez elle.
- En plus, ajouta-t-elle, je t'ai demandé de me faire rire, et non d'essayer de vérifier si tu étais important à mes yeux. Personne n'est indispensable. Et si tu permets, c'est moi qui dirige.

C'était elle qui dirigeait, à bon entendeur salut. Je pris très bien la chose et, comme sous l'effet subit d'une baguette magique, nous nous sentions tous les deux de fort bonne humeur ; cet été toulousain s'annonçait sous d'heureux auspices.

Puisque nous désirions rester ensemble, elle et moi, pour fructifier ce hasard qui, dans nos sociétés modernes, n'existait plus que pour les individus, je cherchai à lui donner une définition convenable de notre dénominateur commun : *hasard*, de l'arabe *alzahr*, étymologiquement le jeu de dés, peu importe la compétence ; chaîne de circonstances, conséquences imprévisibles et non rationnelles, un phénomène très vivifiant. Comme la souffrance, le hasard est une classique et presque orthodoxe interrogation. Nous faisions peut-être fausse route et perdions notre temps sur un thème qui allait de soi : demain serait un autre jour, quoi qu'il arrive ; en affirmant cela, je n'y allais pas par quatre chemins, mais après tout il était normal de s'interroger sur la direction à prendre.
- Nous avons bien le droit de rêver et d'essayer de vivre nos rêves, me répondit Sylvie. Cette ultime réponse me fit basculer dans l'adoration définitive de cette femme. Pourquoi fallut-il que... ?

ooo

- Tu connais la chanson de Bernard Lavilliers ? *Tu vas chercher trop loin le bonheur que tu tiens au creux de ta main,* récita-t-elle.
Je restai dubitatif devant cette affirmation. S'agissait-il d'une version contemporaine, donc forcément et fortement édulcorée, de la philosophie hédoniste ? Comment savoir ce que pensait véritablement une

femme, surtout celle qui disait vous aimer ? Il y avait une mince barrière entre l'hédonisme et la masturbation intellectuelle, aussi remis-je à plus tard l'exégèse de ces propos féminins.

Je la quittai pour me diriger vers le cœur de la ville, voir une amie libraire : pour mener à bien l'aventure désirée, quelques repères étaient nécessaires.

L'utile vendeuse de rêves imprimés me fit pénétrer dans son antre et guida mes choix. Je repartis de chez elle avec un bouquin magique, donc bien armé pour le combat. Et puisque, selon ma compagne, je voyais trop loin, je décidai de limiter mon champ épistémologique à l'esprit des lieux où je vaquais quotidiennement ; une transcendance de l'ordinaire, en quelque sorte, à la portée de tous. Prenons une ville, une région du Sud, des gens (et surtout des femmes, tellement plus belles et passionnantes, en tout cas à mes yeux), une utilisation rationnelle et systématique des produits du hasard, et tordons le cou à l'ennui.

Les quelques mètres que j'avais faits en sortant de chez mon amie libraire m'avaient conduit vers la rue du Languedoc ; ce modeste bout de chemin ne figurait pas grand-chose entre l'alpha et l'oméga de la voie tracée pour atteindre l'objectif que je m'étais fixé, mais comme l'affirme la chansonnette, seul compte le premier pas.

ooo

Afin de mieux préparer l'aventure dans laquelle je me lançais, et aussi pour retirer mes billes, je décidai alors de m'installer pour une durée indéterminée, seul, dans mon *Moulin* ; un peu comme dans la chanson des Beatles, *The fool on the hill*. Ce faisant, je n'avais absolument pas l'impression de faire un choix stupide ; au contraire, cette décision me semblait tout à fait utile. Après en avoir informé mon épouse, je rejoignis mon ermitage avec le strict minimum nécessaire à ma survie physique et spirituelle. Solitude et silence, quel luxe !
Le moulin se dressait au sommet d'une colline chatoyante de Castanet Tolosan ; en poussant la porte, je m'interrogeais pour savoir si je serais aussi triste au terme de mon repli stratégique qu'à mon arrivée.
Parvenu au dernier étage de l'édifice, je posai mes quelques affaires sur le bureau austère derrière lequel je m'installerais pour transcrire mes humeurs et états d'âme. J'ouvris les volets pour laisser entrer la lumière et contempler le paysage. Je humais à pleins poumons l'air tiède de ce début d'été lorsque retentit la sonnerie de mon téléphone portable : c'était l'une de mes amies qui se demandait, à juste titre, où j'étais passé. Mon exil solitaire n'avait pas duré longtemps. Je promis de venir la voir bientôt (elle ne connaissait pas l'adresse du moulin) et appuyai sur le bouton rouge du portable pour couper la communication. J'actionnai presque immédiatement le bouton vert, car la sonnerie retentit à nouveau : c'était ma mie qui s'inquiétait de savoir si j'allais bien ; mère comblée de huit enfants - on pouvait

fabuler, encore -, femme heureuse, elle supportait mon tempérament et tout allait bien. Mon immoralité à l'égard du droit civil n'était pas, sentimentalement parlant, un problème, et la vie était courte.
Sex, drugs & rock'n'roll : je ne me droguais pas, restaient le sexe et le rock'n'roll ; le whisky, aussi... Après une bonne bouteille, je m'endormis la tête lourde, heureux comme un roi sans royaume. L'aventure était remise au lendemain.

ooo

Certainement, l'alcool de malt ne fut-il pas étranger à mon cauchemar... Je rêvai que trois fossoyeurs goguenards, et très contents d'eux, m'enterraient. Tant bien que mal, je m'arrachai au sommeil et me levai, la tête traversée de coups d'enclume. Un comprimé effervescent, copyright Efferalgan, une bonne marque pharmaceutique qui m'avait déjà rendu de grands services, précéda mon café du matin. Puis, philosophe, alors que je recouvrais peu à peu mes esprits, je pensai que, pour éviter que ce silence choisi ne conduisît, sur le plan humain, à un désert, cette retraite dans le moulin ne devait pas constituer une forme de misanthropie : si la vie semblait parfois décevante, il ne fallait pas pour autant se décourager complètement. Je devais voir plus loin.
Il était nécessaire de me fixer un point de départ afin de reprendre cette fantastique aventure qu'était l'écriture.

Tout d'abord, je fis une récapitulation de ma situation présente : j'étais logé dans un très beau moulin, à quelques kilomètres de l'une des plus belles villes d'Europe, et un nombre suffisamment important de jolies femmes avaient accepté de noter le numéro de mon téléphone portable dans leur agenda. Certes, je ne possédais plus la splendeur de mes vingt ans, la crise économique était passée par là et comme beaucoup d'autres, ne m'avait pas épargné… Cependant, si je ne possédais pratiquement rien, j'avais de beaux enfants, une épouse remarquable, un chat formidable, quelques bons amis, et l'affection, voire l'amour, de plusieurs femmes qui me donnaient d'utiles repères dans ma quête intérieure ; ce qui était indispensable car, sous des apparences futiles, j'étais quelqu'un de fort profond.
J'avais tout pour réussir. Quant aux valeurs morales qui allaient baliser ce chemin aventureux, j'avais bien le temps de les noter au passage.
Cela dit, cette aventure de l'écriture ne se voulait pas strictement narcissique puisque des millions de consommateurs avaient acheté des micro-ordinateurs dans des grandes surfaces ! J'imaginais aisément l'embouteillage sur les réseaux informatiques et les rayons des libraires si tout le monde se mettait à rédiger sur écran ses sensations intimes. Cet immense déboutonnage aurait sûrement la dimension sympathique d'une liberté anarchique, mais au final guère de sens ni d'intérêt. L'écriture n'avait rien d'élitiste. J'avais même connu de beaux esprits policés

qui avaient essayé par tous les moyens d'en démontrer l'inutilité, voire la dangerosité.

Cependant, les mots, même lorsqu'ils étaient profondément argotiques, érotiques ou persifleurs, possédaient à mon sens un caractère respectable, sacré même, parfois, et méritaient pour cette raison un usage soigné, un travail d'orfèvre, tant dans la forme que dans le fond. Tout cela pour expliquer que l'idée d'écriture qui me trottait dans la tête n'était pas autocentrée, mais tournée vers autrui : saisissant la chance que m'offrait le décor toulousain - Toulouse, ville excessive et prude, belle et réconfortante, osée et protectrice -, j'allais partir à la rencontre de personnages qui prendraient d'autant plus de relief dans ce désert originel, presque initiatique, que j'avais créé. Il serait bien temps ensuite d'en tirer les leçons nécessaires, si besoin était.

Le narrateur, personnage principal, devait échapper au danger de se donner le beau rôle, avoir conscience de l'ambition et du risque que représentait cet exercice qui, au fond, n'était pas d'une grande utilité. Il s'agissait d'un acte complètement gratuit, une simple et rationnelle utilisation d'un pouvoir sur les mots et leur production...

De très bonne humeur et ayant oublié mes déconvenues, je quittai le moulin pour me rendre, tel un sympathique Don Quichotte qui se serait trompé de direction, à Toulouse.

Quand je pénétrai dans la ville, je n'avais encore qu'une idée très approximative des quelques héros qui, au gré

du hasard, allaient venir habiter mon désert : s'agirait-il de personnes bonnes, méchantes, indifférentes, positives, sympathiques, d'artistes, d'ouvriers, de bourgeois, d'anarchistes, de policiers, de salauds ou... tout simplement, d'êtres humains ?
La progression se ferait au son du blues, principalement. Qui m'aime me suive dans cette belle aventure.

ooo

Je marchais rue de Metz, au beau milieu de la foule. Quelle était la vie privée de ces gens que je croisais ? Cela ne me regardait pas, et même si je transcrivais ma partition, tel un gendarme consciencieux qui noterait ses propres déclarations, je préservais ma vie personnelle et surtout celle de mes alliés. La pudeur, en particulier dans le domaine sentimental, était une obligation absolue, et je m'étais souvent posé la question lorsque me venait l'envie de rédiger le souvenir d'une aventure amoureuse : hommage délicat car il ne s'agissait pas de trahir l'honneur de la dame qui avait offert ses faveurs, même si l'époque avait considérablement évolué et que les femmes d'aujourd'hui n'étaient heureusement plus ces citadelles coincées qu'il fallait protéger du regard ; mes femmes étaient libres et fières de l'être, personnages à part entière et sur les planches de la représentation, j'avais une nette préférence pour elles.

La règle du jeu était compliquée, mais intéressante.

La première personne connue que je rencontrai ce jour-là était un ami peintre qui avait posé son chevalet place Saint-Georges. Juif mystique, il alternait le sujet de ses tableaux entre les rues de la ville et les intérieurs de synagogues ; je lui avais souvent suggéré de peindre des portraits féminins, car c'était un bon artiste et j'aurais aimé voir apparaître une femme sous ses coups de pinceau.

Je l'arrachai momentanément à son œuvre sur laquelle il travaillait, et l'invitai à boire un verre à la terrasse d'un café. Je lui fis part de mon projet et lui expliquai qu'il incarnait la première des apparitions dans mon désert volontaire. Il trouva mon idée astucieuse, mais me conseilla de réserver mes traits de plume à des êtres nouveaux, même si les amis fidèles, comme lui, avaient leur place dans ce tracé de la ville rose. Il avait raison. Que vaudrait une aventure avec du déjà-vu ?

Nous retournâmes vers son chevalet. Le manège qui trônait au centre de la place Saint-Georges commençait à prendre vie au centre de la toile blanche, et j'enviai un peu mon ami de pouvoir créer son imaginaire d'une manière plus simple que la mienne, même si son art était plus difficile que le mien.

Je le laissai à ses tubes de peinture et me dirigeai vers le Palais des Beaux-Arts non sans regarder les jolies filles que je croisais. Une jolie fille, c'est une jeune femme habillée de façon élégante et féminine, mais sans agressivité, avec un regard vif, du charme sans mièvrerie, et l'espoir toujours renouvelé de trouver la beauté avec l'intelligence, la compréhension et l'amour, puisque c'est ainsi que fonctionne la vie. Je n'avais aucune religion, y compris en matière d'idéal féminin, et je m'en trouvais fort aise.

À l'angle de la rue Saint Rome, je tombai nez à nez avec une demoiselle vraiment ravissante, et l'invitai instantanément à prendre un verre - ce que je ne faisais jamais d'ordinaire -. Naturellement, la Toulousaine bouillonnante et pressée m'envoya promener ; mais elle le fit d'une manière tout à fait acceptable et il y avait, malgré ce refus, beaucoup d'espoir. Devais-je la faire entrer dans le désert ? Après réflexion, je décidai que non. Il me fallait des personnages positifs, et la ville regorgeait de Toulousaines sereines. Je n'avais qu'à attendre encore un peu.

000

J'étais en train de contempler la devanture d'une boutique d'un antiquaire, lorsqu'une exclamation me parvint :
- C'est toi ?

Ce timbre de voix... je l'aurais reconnu entre dix mille ! Le coup fut rude. Que faisait-elle à Toulouse ? Aux dernières nouvelles, elle vivait aux États-Unis avec un musicien belge, auteur d'une bonne dizaine d'excellents CD de jazz-rock sophistiqué, pour le compte d'une compagnie japonaise.

Après l'avoir définitivement rayée de ma mémoire, voilà qu'elle surgissait au hasard d'une balade, comme un ange. C'était vraiment dur à encaisser.
- Tu vas bien ?

L'innocente et pulpeuse ex me demandait si j'allais bien, alors que la blessure venait de se rouvrir brutalement et que mon sang se précipitait à gros bouillons le long de mes artères émotionnées !
Le souvenir de notre séparation me revint : la garce m'avait quitté dans des circonstances plutôt désagréables. Peut-être cela n'avait-il pas été seulement de sa faute... Un de mes meilleurs amis avait trahi mon amitié pour assouvir ses bas instincts. J'avais évidemment mal pris la chose ; d'abord, parce qu'à l'époque j'aimais cette jeune femme, et ensuite, parce que j'avais une haute opinion de l'amitié. Je n'avais, moi-même, jamais fait ce coup-là, ni à un ami ni, d'ailleurs, à un inconnu. On avait les valeurs morales que l'on avait, et j'étais complètement ringard en la matière.
J'avais cassé la figure à mon faux ami, rompu avec la belle, et la vie s'était quand même poursuivie. Mais j'avais traversé une sale période. De plus, dans une telle situation, peu de gens vous comprennent. J'avais plutôt été la risée de la population. Heureusement, à cette mésaventure, avait succédé ma rencontre avec Sylvie. Cette nouvelle femme avait su panser les plaies avec une grande maestria et m'avait fait beaucoup de bien.

En vérité, j'aurais préféré que le hasard place la bienfaisante Sylvie sur mon chemin, au lieu de ce souvenir fort peu glorieux. Mais je n'étais qu'au début de ma promenade...

Beau joueur, j'invitai la traîtresse à boire un verre à la brasserie du Père Léon. Elle me raconta sa vie. Passionnante mais, pour moi, elle avait cessé d'exister depuis ce jour regrettable où elle était passée de moi à un autre. En fait, même si j'eusse préféré ne pas être la victime d'une telle déconvenue, je n'éprouvais pas de rancune contre elle. Cela faisait partie de la vie. Je contemplais maintenant avec une belle indifférence ce joli minois que j'avais tellement adulé, tout en pensant que la beauté féminine était un piège diaboliquement irrésistible.

La leçon à tirer de cette rencontre fortuite était sans doute que même un homme comme moi, si bien disposé à l'égard de la gent féminine, aussi simplement matérialiste et épicurien aux yeux duquel la seule sacralisation effective concernait le côté femme du genre humain, pouvait lui aussi connaître des désillusions, des trahisons et des déceptions de la part des dames. Ce n'était donc ni un droit ni un avantage, contrairement à certaines apparences, mais bien la résultante d'un choix volontaire, qu'il fallait assumer et regagner à chaque fois.

Cette propension à privilégier le sexe dit faible m'avait coûté quelques solides inimitiés, presque obligé, dans certaines circonstances, à me justifier, ou encore valu quelques tares supposées, alors que, finalement, je pensais tout simplement et très sincèrement, par ma préférence, être en avance sur mon temps. J'avais lu les ouvrages de Marguerite Yourcenar, la biographie de Maria Deraismes et les mémoires politiques de Golda Meïr. Philosophiquement, j'étais un artisan de la réconciliation des hommes et des femmes, et un supporter désintéressé de la progression féminine. Pourquoi ? Tout d'abord, parce que j'estimais cela juste, ensuite, parce que les femmes ainsi devenues étaient à mes yeux nettement plus intéressantes que des précieuses ridicules ou des esclaves domestiques.

Malgré cette tournure d'esprit progressiste, je pouvais subir, moi aussi, quelques petites misères, comme tout un chacun. Mais je reconnaissais avoir rencontré des femmes plutôt passionnantes, ce qui me confortait dans l'idée que la pratique de ma théorie était positive.

Il m'arrivait bien d'avoir des doutes parfois, quand - alors que je ramais avec difficulté dans le torrent de mes sentiments - je voyais certains de mes collègues masculins obtenir des succès féminins foudroyants par des moyens que je jugeais vils ; mais fondamentalement, il ne s'agissait pas de la même chose, nous n'étions pas sur le même plan, et je n'en étais pas plus malheureux pour autant.

Oui, dans l'ensemble, si je devais faire le bilan, je pense que j'avais eu raison.

- Tu vois, dis-je, je n'ai pas que des qualités : il n'y a pas d'amour entre nous et pourtant nous avons fait l'amour.
- Et c'était fort agréable, me répondit Suzie. À défaut d'amour, il y avait beaucoup de désir et de tendresse...

Elle disait la vérité ; que rétorquer à de tels propos ? Maintenant, elle zappait les chaînes du réseau câblé. À cette heure-ci de la journée, nous avions droit à des romances un peu niaises, des histoires tièdes dont s'abreuvaient les plus jeunes générations. Mais derrière ces enfantillages télévisés, je relevais une grande mesquinerie et beaucoup d'égoïsme ; ou alors j'avais du mal à comprendre que j'avais vieilli, que les valeurs d'étalonnage avaient évolué ou que je n'en avais plus la même perception. J'étais rassuré par le fait que Suzie partageait mon point de vue. Elle ne le faisait pas par démagogie, ce n'était pas son genre. Cette femme avait un sacré caractère ; je l'appréciais et elle avait à mes yeux, un énorme crédit. Il fallait bien la connaître, car l'apparence était plutôt mignonne et charmeuse. J'avais eu la chance de pouvoir la découvrir en profondeur, et ne doutais pas de sa personnalité très positive.
Je lui avais affirmé ne pas être amoureux d'elle, mais je l'aimais beaucoup. Nos relations d'amants épisodiques étaient logiques entre un homme et une femme qui s'estimaient. Cela aurait pu ne pas être, mais voilà, nous nous plaisions aussi sur ce plan-là ; pourquoi donc s'en priver ?

Cela étant, il existait autre chose entre nous, et le désert, avec Suzie, devenait vraiment amusant.

Je me demandais ce que je représentais pour elle : un ami, un amant, une distraction, quel registre exactement ? Certainement, elle se posait moins de questions. Elle se contentait de prendre le bon côté de la situation. Et jamais elle ne m'avait déçu.

- Je reviens te voir bientôt, promis-je en sortant de chez elle.

ooo

Jean était devenu un type du genre méprisant, y compris à mon égard. Il est vrai que je ne payais pas de mine, j'étais un grand timide. Lui, par contre, avait fière allure et pouvait tout à fait passer, avec son costume sobre et chic, pour un VRP, un employé de banque, un notaire, un assureur ou un agent immobilier ; un membre de la classe des nouveaux riches, ceux qui avaient bien profité de la crise.

Jean n'avait pas toujours été ainsi. Je l'avais connu à une autre époque, lorsque nous étions étudiants à Paris, et que nous nous battions ensemble comme des chiffonniers, contre les militants d'extrême-droite du quartier latin.

À l'époque, je représentais le courant anarchiste (ni dieu ni maître) du mouvement des jeunes gaullistes, et lui était un ténor des communistes révolutionnaires. Nous étions vaillants.

Aujourd'hui, la roue avait tourné. J'étais resté assez fidèle à mes options d'origine, mais lui avait considérablement évolué, ce qui prouvait sans doute qu'il était plus intelligent que moi.

Sa réussite se manifestait surtout par un pouvoir financier et cela se concrétisait, lors de la soirée que nous passions dans cette discothèque toulousaine, par l'achat conséquent de consommations alcoolisées, offertes généreusement à de jolies filles.

J'étais content pour Jean, qu'il pût si facilement acheter une compagnie agréable, mais je restais un peu en retrait de tout cela. J'avais moi-même connu pas mal de succès féminins et si je demeurais toujours sensible à l'esthétique en la matière, j'étais de plus en plus attiré par le complément cérébral et les qualités humaines. Je n'étais pas de bois ni blasé, la chair n'était pas encore triste, mais je devenais plus compliqué. En premier lieu, parce que j'avais une épouse charmante et des maîtresses adorables, mais aussi parce qu'il me fallait trouver chez elles du temps et des qualités pour être séduit.

Dans mon libertinage, j'étais certainement devenu trop exigeant envers les femmes, et je devais les ennuyer à les vouloir ainsi douées de facultés que je ne possédais peut-être pas moi-même. Cela dit, lorsque ma patience était récompensée par la découverte d'une perle rare, j'étais très heureux et, sans la moindre once de cynisme, j'étais vraiment persuadé que ma façon d'aimer les femmes était valable. Il n'existait aucune prétention en la matière, je n'étais ni un séducteur ni un modèle pour qui que ce soit. D'ailleurs, j'en parle beaucoup et par conséquent je n'agis pas très souvent ; mais j'ai peu de regrets.

Avec Jean, c'était une autre vision de la femme. Je ne devrais même pas l'évoquer ici, sauf dans un souci de vérité et de réalisme social, aggravé par la crise économique, la persistance du chômage et la montée de la pauvreté. Il fallait bien prendre soin de stigmatiser cette régression, ne pas être complice.

Jean pensait, comme Marcel Pagnol, que l'on n'avait jamais vu une femme aimer un homme pauvre. J'étais révolté par ce demi-mensonge et il était absolument nécessaire de débattre de ce problème véritable : l'amour pour tous.

Nous quittâmes la discothèque vers trois heures du matin ; au bras de Jean pendait une délicieuse jeune femme ; moi, j'étais seul. J'avais failli entreprendre une autre danseuse, qui avait, sous les spots trompeurs, un vague air de ressemblance avec Sylvie ; mais cette illusion strictement physique était insuffisante afin de me motiver et me faire exhumer un certain nombre de fadaises pour une finalité sans surprises. Mon moulin, symbole éminemment phallique, superbement posé dans la campagne de la Haute-Garonne, était réservé à de grandes occasions.

Après cette folle soirée, j'avais besoin de remonter la pente. *La Dépêche du Midi* annonçait une conférence à l'Université de Droit, avec, sur les plateaux, MM. Bernard-Henri Lévy, de Paris, et Philippe Sollers, de Bordeaux. Le premier allait parler de la Liberté en Europe, le second du plaisir féminin. Contrairement aux apparences, les sujets n'étaient pas si anodins que cela. Ces écrivains maîtrisaient l'intelligence et l'intuition parce qu'ils avaient su garder du recul par rapport à la consommation de l'événement.

Je trouvai une place au parking de la Place du Capitole et marchai, jusqu'à l'Université, le long des rues de l'un de mes quartiers préférés de Toulouse.

J'arrivai dans l'amphithéâtre juste à temps pour le début de la conférence et trouvai une place assise près de deux ravissantes étudiantes, une brune et une blonde ; c'était presque un rituel. Je ne pris pas de notes des propos des conférenciers ; il suffisait d'attendre quelques semaines pour trouver leurs livres sur les rayons des libraires.

Une fois de plus, les deux étoiles vivantes de la pensée française furent à la hauteur de nos espérances et l'auditoire fut conquis et chaleureux. Enfin des propos intéressants, des perspectives constructives, des analyses conséquentes ! Ces mots ne m'appartenaient pas, je dois donc en garder le secret en ces lignes ; mais je peux exprimer avoir apprécié ce qui avait été dit.

La petite brune assise à ma gauche avait une très jolie poitrine et n'arrêtait pas de me sourire ; complicité de fan-club. J'avais du temps devant moi et l'invitai à prendre un verre. Originaire de l'Ariège, Catherine suivait ses études à Toulouse à l'aide d'une bourse du

centre régional des œuvres universitaires, et s'en portait fort bien.
Nous étions attablés à la terrasse du café Le Florida, place du Capitole.
- Et toi, que fais-tu dans l'existence, à part assister à des conférences de Bernard-Henri Lévy et Philippe Sollers ? me demanda-t-elle.

Sa question était excellente : je savais très bien ce que j'avais fait et ce que je n'avais pas fait, mais je ne savais plus trop exactement ce que je faisais. Et comme une femme bien intentionnée pouvait constituer un miroir tout à fait pertinent, je l'interrogeai :
- À ton avis ?
- Flic ou anarchiste, poète ou musicien, inventoria-t-elle. À peu près n'importe quoi, sauf ce que tu pratiques réellement. Tu n'es pas à ta place, mais tu le vis bien. Aristocrate déclassé, ouvrier des lettres, flamant rose ou aigle vif, tu es disponible et nous allons nous revoir. Là, je dois aller à un cours à la fac.

Je voulus payer les consommations, mais elle avait déjà sorti quatorze francs de son porte-monnaie. Paraissant heureuse de cette rencontre, elle sortit une feuille blanche de son cartable d'étudiante, et y inscrivit ses coordonnées, adresse, téléphone, tout ce qui était nécessaire pour retrouver sa trace.
Cette rencontre inopinée était amusante et tout à fait plaisante, même si à Toulouse il n'était pas très difficile

de rencontrer des étudiantes intelligentes.
Catherine s'éloigna gaiement en me faisant un signe de la main. Il était convenu que nous nous reverrions très bientôt, et ma journée n'était pas perdue.

ooo

- Tu reprends un café, mon frère ?

Cela faisait douze ans que mon ami avait quitté la Côté d'Ivoire et qu'il vivait à Toulouse, et presque dix ans que nous réfléchissions ensemble à ce qu'était la culture africaine, vue par un immigré installé en France. Notre étude n'avançait pas très vite, car nous avions chacun de notre côté, d'autres obligations ou activités. Mais nous avions bien progressé et devant la complexité du sujet, étions tombés d'accord pour retenir la notion de *Négritude éternelle* ; tout cela n'était pas très sérieux ni vraiment au point, mais nous nous étions bien amusés.
Mon ami s'était spécialisé sur l'Américain Everett LeRoi Jones, et moi sur le Sénégalais Léopold Sédar Senghor. Il nous restait à trouver un troisième larron qui voudrait bien se pencher sur la vie et l'œuvre de l'Antillais Aimé Césaire, et nous aurions bouclé la boucle initiale. Nous avions prévu d'étudier ensuite - mon ami était étudiant à l'Université du Mirail - la culture contemporaine en Europe. Il pensait qu'elle émanait essentiellement des banlieues et, qu'en pleine gestation, elle était très difficile à conceptualiser.

- Alors, demandai-je, qui s'occupe d'Aimé Césaire ?
- Eh bien, je propose que nous tirions au sort, répondit mon ami. Il sortit une pièce de monnaie de sa poche ; je choisis le côté face et gagnai. Sportif, il me promit de se consacrer le plus vite possible à ce supplément de travail - dont nous n'avions aucune idée de la finalité, si finalité il y avait...

ooo

Le soleil couchant sur la Seine, la Tamise ou la Garonne, un concert de Keith Jarrett en fond sonore... L'ambiance aurait inspiré mon amie Martine pour l'une de ses représentations théâtrales ; mais là, je ne jouais pas, le coup de blues était réel car je trouvais tout cela un peu vain et j'avais presque envie de me plaindre.

Mon aventure se traînait dans des méandres psychologiques et sentimentaux qui n'avaient guère d'intérêt, il fallait bien en prendre conscience. À quoi bon chanter et écrire l'amour des femmes et de l'amitié ?

Peut-être était-il nécessaire de suivre différentes orientations, ne pas se fixer dans une seule voie ?

Abandonner pour un temps le travail de l'esprit et s'adonner à un travail physique ? Oui, pourquoi pas, réfléchis-je tandis que j'abordais la route qui me ramenait à mon repaire.

L'idée me vint en même temps que m'apparaissait, dans toute sa magnificence faite de simplicité, l'image du

moulin planté là, sur sa colline. Une idée qui me souleva d'enthousiasme. Un ouvrage concret, qu'on ne pourrait pas ne pas remarquer, qui, lui, ne serait pas... vain.
J'allais améliorer l'esthétique de ces lieux, construire, modeler cette propriété, réaliser un rêve. Agrémentée d'un muret en pierres de taille qui borderait le morceau de terrain sur lequel elle s'élevait, la bâtisse serait davantage mise en valeur.
Et le travail manuel n'empêchait pas la réflexion, pouvait même la favoriser.
Voilà. La situation était presque parfaite. Presque... J'aurais juste aimé que Sylvie m'envoyât un petit signe positif.

Éditeur :
Books on Demand GmbH,
12/14 rond-point des Champs Élysées,
75008 Paris, France

Impression :
Books on Demand GmbH, Norderstedt, Allemagne

ISBN : 9782322044689

Photographies de couverture :
Marie-Christine Tanguy Saintoin

Dépôt légal : décembre 2015
www.bod.fr